新・知らぬが半兵衛手控帖

偽坊主

藤井邦夫

双葉文庫

目次

偽坊主

新・知らぬが半兵衛手控帖

江戸町奉行所には、与力二十五騎、同心百二十人がおり、南北合わせて三百人ほどの人数がいた。その中で捕物、刑事事件を扱う同心は所謂《いわゆる》〝三廻り同心〟と云い、各奉行所に定町廻り同心六名、臨時廻り同心六名、隠密廻り同心二名とされていた。

臨時廻り同心は、定町廻り同心の予備隊的存在だが職務は全く同じである。そして、定町廻り同心を長年勤めた者がなり、指導、相談に応じる先輩格でもあった。

第一話　偽坊主

一

雨戸の隙間《すきま》と節穴《ふしあな》から差し込む朝陽《あさひ》は、寝間の障子《しょうじ》を明るく照らしていた。

半兵衛《はんべえ》は、蒲団《ふとん》を出て障子と雨戸を開けた。

寝間に朝陽が溢《あふ》れた。

今日も良い天気だ……。

半兵衛は眩《まぶ》しげに眼を細め、大きく背伸びをした。

「おはようございます」

廻《まわ》り髪結《かみゆい》の房吉《ふさきち》が、鬢盥《びんだらい》を手にして庭先にやって来た。

「おう。厠《かわや》に行って、顔を洗って来る」

「はい。仕度をしています」

半兵衛は厠に行き、房吉は縁側《えんがわ》で日髪日剃《ひがみひぞり》の仕度を始めた。

解《と》いた髷《まげ》を結い上げる時、髪の毛の引き締められる痛みは、心地好いものでもあった。

「面白い坊主……」

半兵衛は、髪を引かれて僅《わず》かに仰《の》け反《ぞ》った。

「ええ。神田《かんだ》から下谷《したや》、浅草《あさくさ》辺りを托鉢《たくはつ》して歩いている坊主でしてね」

「そいつの何が面白いんだい……」

「質屋《しちや》に金貸し、それに旦那がけちと評判の店だけを選んで托鉢をしていると……」

房吉は苦笑した。

「ほう。質屋と金貸し、旦那がけちな店……」

「ええ。御布施《おふせ》が貰《もら》える迄《まで》、いつ迄も店先で経《きよう》を読むそうですよ」

「いつ迄も……」

半兵衛は眉《まゆ》をひそめた。

「ええ。怒鳴られても、水を引っ掛けられても、突き飛ばされても……」

「そして、御布施を貰うか……」

「ええ。たった一文でも……」

「成《な》る程《ほど》、そいつは面白いな。で、その坊主、名は何て云《い》うんだ」

「確か蒼念《そうねん》だったと……」

「蒼念、寺は……」

「そこ迄は……」

房吉は首を捻《ひね》り、半兵衛の結い終わった髷の元結《もとゆい》を鋏《はさみ》で切った。

乾いた小さな音が響いた。


北町奉行所同心詰所《つめしょ》は、見廻《みまわ》りに出掛ける定町廻《じょうまちまわ》りや臨時廻《りんじまわ》り同心たちで賑《にぎ》わっていた。

半兵衛は、手早く用を済ませて同心詰所を後にした。

表門脇の腰掛では、岡《おか》っ引《ぴき》の本湊《ほんみなと》の半次《はんじ》と下《した》っ引《ぴき》の音次郎《おとじろう》が待っていた。

「おう、待たせたな……」

「今朝は大久保《おおくぼ》さまに逢《あ》わずに済んだようですね」

半次は笑った。

「ああ。じゃあ、行こう……」

半兵衛は、半次と音次郎を従えて北町奉行所を出た。

神田明神境内《みようじんけいだい》は参拝客《さんぱいきやく》が訪れ始めていた。

半兵衛、半次、音次郎は、境内の隅の茶店で茶を啜《すす》った。

「へえ。質屋や金貸し、けちで名高い旦那の店ばかりを選んで托鉢をする坊主ですか……」

半次は苦笑した。

「ああ。怒鳴られたり水を掛けられても、御布施を貰う迄、托鉢を続けるそうだ」

半兵衛は、房吉に聞いた話を伝えた。

「凄《すご》い根性と云うか、しつこいと云うか……」

音次郎は呆《あき》れた。

「ああ……」

「それにしても、そこ迄するのは何か狙いがあっての事なんですかね」

半次は眉をひそめた。

「さあなあ。ま、一度、出会《でくわ》してみたいものだよ」

半兵衛は笑い、参拝客を眺《なが》めながら茶を飲んだ。

神田明神から湯島天神《ゆしまてんじん》、不忍池《しのばずのいけ》、下谷広小路《ひろこうじ》……。

半兵衛は、半次と音次郎を伴《ともな》って何事もなく見廻りを続けた。

下谷広小路は北に東叡山寛永寺《とうえいざんかんえいじ》があり、残る東西南を上野新黒門町《うえのしんくろもんちょう》、上野北《きた》大門町《だいもんちょう》、上野元黒門町《もとくろもんちょう》などの町が囲んでいた。

半兵衛、半次、音次郎は、下谷広小路から浅草に行くのが見廻りの道筋だった。

「好《い》い加減にしろ……」

半兵衛、半次、音次郎が、不忍池の畔《ほとり》を進んで池之端仲町《いけのはたなかちょう》から上野元黒門町に進んだ時、男の怒声《どせい》があがった。

半兵衛、半次、音次郎は、足を止めて怒声のあがった方を見た。

板塀を廻した仕舞屋《しもたや》の木戸門の前では、托鉢坊主が饅頭笠《まんじゅうがさ》を飛ばして倒れ、三人の半纏《はんてん》を着た男に取り囲まれていた。

「旦那、まさか……」

半次は眉をひそめた。

「ああ。かもしれないな……」

半兵衛は苦笑した。

倒れた托鉢坊主は立ち上がり、姿勢を正して朗々《ろうろう》と経を読み始めた。

「煩《うる》せえと云ってんだろう」

半纏を着た男は、托鉢坊主を突き飛ばした。

托鉢坊主は、よろめきながらも踏み止まり、経を読み続けた。

「此《こ》の糞坊主……」

三人の半纏を着た男は、托鉢坊主を突き飛ばし、蹴り飛ばした。

「旦那、止めますか……」

半次は尋ねた。

「そうだな……」

半兵衛が頷《うなず》いた。

次の瞬間、半纏を着た男の一人が撥《は》ね上《あ》がり、尻から地面に落ちて呻《うめ》いた。

半兵衛、半次、音次郎は、思わず足を止めた。

「野郎……」

残る二人の半纏を着た男が、経を読んでいる托鉢坊主に殴り掛かった。

托鉢坊主は、経を読みながら半纏を着た男を蹴り飛ばし、残る一人を足を引っ掛けて仰向《あおむ》けに倒した。そして、仰向けに倒した男の胸を片膝《かたひざ》で押さえ付けた。

「た、助けて……」

胸を押さえつけられた半纏を着た男は、苦しげに呻いて踠《もが》いた。

托鉢坊主は、朗々と経を読み続けた。

「離せ。御布施だ。さっさと離せ……」

蹴飛ばされた半纏を着た男が、托鉢坊主の頭陀袋《ずだぶくろ》に文銭《もんせん》を入れた。

托鉢坊主は、饅頭笠を拾って立ち上がった。

三人の半纏を着た男たちは、助け合いながら仕舞屋の木戸門に入って行った。

托鉢坊主は、深々と頭を下げて経を読みながら立ち去った。

「旦那……」

音次郎は、半兵衛の出方を尋ねた。

「うん。追うよ……」

「はい……」

音次郎は、托鉢坊主を追った。

「旦那、早々に出会したようですね」

「ああ。噂《うわさ》の托鉢坊主の蒼念だろう……」

半兵衛は眉をひそめた。

「何か……」

半次は、眉をひそめた半兵衛に戸惑った。

「蒼念、関口流柔術《せきぐちりゅうじゅうじゅつ》の遣《つか》い手《て》のようだ」

半兵衛は睨《にら》んだ。

「関口流柔術……」

「うん……」

「って事は、托鉢坊主の蒼念……」

「元は武士かもしれない」

半兵衛は読んだ。

「やっぱり……」

「ああ。半次、蒼念が托鉢をしていた仕舞屋。主《あるじ》が誰か調べてくれ」

「承知しました」

半次は頷いた。

半兵衛は、托鉢坊主の蒼念を尾行《つけ》て行く音次郎を追った。

托鉢坊主の蒼念は、下谷広小路の雑踏《ざっとう》を横切って山下《やました》に抜けた。

音次郎は、慎重に追った。

托鉢坊主の蒼念は、山下から入谷《いりや》に進んだ。そして、入谷鬼子母神《きしもじん》の奥にある小さな古寺に入った。

音次郎は、木陰から見届けて緊張を解いた。

「此の寺に入ったか……」

半兵衛がやって来た。

「旦那……」

音次郎は、半兵衛を迎えて頷いた。

半兵衛は、小さな古寺を眺めた。

土塀は崩れ掛け、山門は僅かに軒《のき》を傾《かたむ》けて境内には雑草が生い茂っていた。

その軒の僅かに傾いた山門には、『妙宝寺《みょうほうじ》』と描かれた扁額《へんがく》が掲《かか》げられていた。

「妙宝寺か……」

半兵衛は、扁額を読んだ。

「妙宝寺。托鉢坊主、妙宝寺に住み着いているんですかね」

音次郎は首を捻った。

「うむ。音次郎、近所の者に妙宝寺がどう云う寺か、それと托鉢坊主の名前と素《す》性《じょう》。訊いて来るんだな」

半兵衛は命じた。

「合点《がってん》です。じゃあ……」

音次郎は、会釈《えしゃく》をして駆け去った。

半兵衛は見送り、妙宝寺の境内を窺《うかが》った。

手拭《てぬぐい》で頬被《ほっかむ》りをした男が庫裏《くり》から現れ、境内に生い茂る草を鎌《かま》で刈り始めた。

寺男か……。

半兵衛は見守った。

草を刈る男は、托鉢坊主の蒼念だった。

蒼念は、草を刈り続けた。

托鉢坊主の蒼念は、荒れ果てた妙宝寺の境内の草を刈り、長く住み着くつもりなのかもしれない。

半兵衛は読んだ。

蒼念は、若々しい顔に汗を滲《にじ》ませて境内の草を刈り続けた。

金貸し徳兵衛《とくべえ》……。

半次は、托鉢坊主が托鉢をしていた板塀を廻した仕舞屋の主を調べた。

そして、托鉢坊主に痛め付けられた半纏を着た男たちは、徳兵衛に使われている取立屋《とりたてや》だった。

金貸し徳兵衛は、誰にでも望むだけの金を貸す。

金に困っている者は、利息《りそく》や取立てを考えずに借りた。そして、厳しい取立てに遭《あ》って泣きをみる。

徳兵衛は、悪辣《あくらつ》な高利貸《こうりがし》なのだ。

半次は知った。

托鉢坊主の蒼念は、それを知って托鉢をしたのだ。

何故だ……。

半次は、蒼念の腹の内を知りたくなった。

囲炉裏《いろり》の火は燃えた。

半兵衛、半次、音次郎は、囲炉裏に掛けた鳥鍋を食べながら酒を飲んだ。

「そうか、あの仕舞屋、徳兵衛って金貸しの家だったか……」

半兵衛は、半次の報《しら》せに頷いた。

「はい。貸す時は仏、取り立てる時は鬼って奴でしてね。評判の悪い金貸しですよ」

半次は、酒を啜った。

「悪い評判を知っていながらも、金に困って借りなければならない人は大勢いるか……」

半兵衛は眉をひそめた。

「ええ……」

半次は頷いた。

「気の毒ですね……」

音次郎は同情した。

「うん……」

「で、蒼念を痛め付けようとして、逆に叩きのめされた野郎共は、徳兵衛配下の取立屋でしたよ」

「そうか……」

「それで、托鉢坊主の蒼念は……」

半次は、手酌《てじゃく》で酒を飲んだ。

「あれから、入谷の奥にある妙宝寺と云う荒れ寺に行き、境内の雑草を刈っていたよ」

「境内の雑草……」

半次は、戸惑いを浮かべた。

「妙宝寺に居着いているようだ」

半兵衛は笑った。

「親分、妙宝寺の近所の人たちに聞いたんですが、妙宝寺は五年前に住職が流行《はや》り病《やまい》で亡くなった後、無住《むじゅう》の荒れ寺になり、蒼念は半年程前に旅の雲水《うんすい》としてふらりと現れて居着いたそうでしてね。托鉢に行かない時には経を読み、寺の修繕や掃除をしたり、遊びに来る近くの子供たちに読み書きを教えているそうですよ……」

音次郎は、妙宝寺界隈《かいわい》で聞き込んだ事を半次に報せた。

「そんな坊主か……」

半次は眉をひそめた。

「はい……」

音次郎は頷き、鳥鍋を食べた。

「面白い坊主だな……」

半兵衛は酒を飲んだ。

「ええ。で、どうします」

半次は、半兵衛の出方を窺った。

「ま、法を犯した訳じゃあないし、面白いからと云って尾行廻《つけまわ》す事もあるまい……」

半兵衛は、手酌で猪口《ちよく》に酒を満たした。

「じゃあ……」

「又《また》、何処《どこ》かで出逢うのを楽しみにしているさ……」

半兵衛は苦笑し、酒を飲んだ。

囲炉裏の火は揺れ、壁に映る半兵衛の影を揺らした。

金貸し徳兵衛は、乱れた寝間着から太鼓腹《たいこばら》を突き出し、眼を剝《む》いて死んでいた。

そして、年増《としま》の妾《めかけ》のおせいは、半裸で顔を醜《みにく》く歪《ゆが》めて息絶えていた。

半兵衛は、寝間の蒲団の上で死んでいる徳兵衛と妾のおせいの死体を検《あらた》めた。

「二人とも心《しん》の臓《ぞう》を一突きですか……」

半次は、徳兵衛と妾のおせいの心の臓から溢れている血を示した。

「うん。かなり手慣れた奴の仕業《しわざ》だな」

半兵衛は読んだ。

「旦那、親分……」

音次郎が、次《つぎ》の間《ま》から空《から》の金箱を持って入って来た。

「どうした……」

「金箱は空です」

音次郎は、空の金箱を示した。

「金が狙いの押し込みですか……」

半次は読んだ。

「さあて。音次郎、金を借りた者たちの借用証文はあったのか……」

半兵衛は尋ねた。

「あっ。ちょっと待って下さい……」

音次郎は、慌《あわ》てて次の間に戻った。

半次と半兵衛は続いた。

次の間には、抽斗《ひきだし》や戸棚が開け放たれた箪笥《たんす》があり、骨董品《こっとうひん》や書付《かきつ》けなどが散らばっていた。

音次郎は、急いで箪笥の抽斗や戸棚の中などを検めた。だが、抽斗や戸棚の中に借用証文は見付からなかった。

「ないようだな……」

半次は眉をひそめた。

「はい。借用証文は一枚もありません」

音次郎は頷いた。

「ないか……」

半兵衛は眉をひそめた。

「でしたら旦那……」

「ああ。下手人《げしゅにん》は徳兵衛と妾のおせいを殺し、金と借用証文を奪い取った」

「借用証文を奪ったのは、その中に自分の借用証文があるからですか……」

半次は読んだ。

「おそらくな……」

半兵衛は頷いた。

「でも、それなら自分の分だけ抜き取って行けば良かったんじゃあ……」

音次郎は眉をひそめた。

「自分の借用証文を探すのには刻《とき》が掛かるし、下手《へた》をすれば、誰の借用証文が奪われたのかが知れ、直《す》ぐに足が付く……」

半兵衛は読んだ。

「だから、全部奪って行きましたか……」

音次郎は、溜息《ためいき》を吐《つ》いた。

「違うかな……」

半兵衛は苦笑した。

「そんな処《ところ》でしょうね……」

半次は頷いた。

「で、徳兵衛と妾のおせいの死体を見付けたのは誰だい……」

「取立屋の平六《へいろく》と竜次《りゅうじ》です」

「よし、何処にいる……」

半兵衛は、厳しさを滲ませた。


戸口脇には、徳兵衛が借金を申し込みに来た者と逢う帳場《ちょうば》のある部屋がある。

取立屋の平六と竜次は、その帳場のある部屋にいた。

「平六、竜次……」

半次は、平六と竜次の名を呼んだ。

平六と竜次は、半次と半兵衛を見上げた。

二人は、托鉢坊主の蒼念に痛め付けられた取立屋だった。

「こちらは、北町奉行所の白縫《しらぬい》半兵衛の旦那だ……」

半次は、半兵衛を引き合わせた。

半兵衛は笑い掛けた。

「平六と竜次か……」

「はい……」

平六と竜次は、半兵衛に探るような眼を向けて頭を下げた。

「で、今朝、お前たちは二人揃《そろ》って此の家に来たら……」

半兵衛は、話を促《うなが》した。

「声を掛けても返事がないので上がりました。そうしたら寝間で……」

平六は、喉《のど》を鳴らした。

「二人揃って朝から何しに来たのだ……」

「そいつは、徳兵衛の旦那が取立てに行くから一緒に来いと云われたので……」

「取立て、何処の誰の処《ところ》に……」

「さあ、そこ迄は……」

平六と竜次は、顔を見合わせて首を横に振った。

「知らないか……」

「はい……」

「そうか。処で平六、竜次、徳兵衛を殺した者に心当たりはないかな……」

「そいつが旦那、心当たりがあり過ぎて……」

平六は困惑した。

「あり過ぎるか……」

半兵衛は苦笑した。

「旦那、ひょっとしたら坊主かもしれません」

竜次は身を乗り出した。

「坊主……」

「はい。薄汚い托鉢坊主でしてね。御布施を渡すまで大声でしつこく経を読むんですよ」

竜次は、托鉢坊主の蒼念の事を云い出した。

「ほう。そんな坊主がいるのか……」

半兵衛は惚《とぼ》けた。

「はい。あの坊主、托鉢をしながら此の家の様子を探り、押し込んだのかもしれません」

竜次は、腹立たしげに告げた。

「成る程。で、金を借りている客に旗本御家人や勤番侍《きんばんざむらい》、浪人や渡世人《とせいにん》はいなかったかな」

半兵衛は、徳兵衛と若い妾の心の臓を一突きにした者を武士か渡世人と読んだ。

「旗本御家人に勤番侍、それに浪人に渡世人ですか……」

竜次と平六は眉をひそめた。

「うん。その中に徳兵衛と借金で揉《も》めていた者はいないかな……」

半兵衛は尋ねた。

「そりゃあ、いますが……」

竜次と平六は、顔を見合わせた。

「何処の誰だ……」

「下谷練塀小路《ねりべいこうじ》の組屋敷に住んでいる横山新十郎《よこやましんじゅうろう》って御家人です」

平六は、躊躇《ためら》いがちに告げた。

「下谷練塀小路の横山新十郎か……」

「はい……」

平六は頷いた。

「横山新十郎、徳兵衛に幾らぐらい借りていたんだ」

「確か二ヶ月程前に二十両かと……」

「二十両……」

半次は眉をひそめた。

「平六、そいつは利息を含めての金だな」

「は、はい……」

「本当に借りた金は……」

「十両です……」

平六は、云《い》い難《にく》そうに答えた。

「十両……」

半次は驚いた。

「十両借りて倍の二十両の返済か……」

「はい……」

「で、揉めていたか……」

「そりゃあもう。十両を二ヶ月借りて返済が二十両とは理不尽《りふじん》、高過ぎると……」

「私も高いと思うよ……」

半兵衛は苦笑した。

二

下谷練塀小路には組屋敷が連《つら》なり、物売りの声が長閑《のどか》に響いていた。

「此処《ここ》ですね。横山新十郎さまの屋敷は……」

音次郎は、一軒の組屋敷の前に立ち止まった。

半兵衛と半次は、音次郎の示した組屋敷を眺めた。

組屋敷には板塀が廻され、静けさに覆《おお》われていた。

「横山新十郎さま、心の臓を患《わずら》っている御新造《ごしんぞう》さまと二人暮らしだそうでして、徳兵衛に借りた十両は、御新造さまの病に拘《かか》わる金かもしれませんね」

半次は読んだ。

「うん。ま、取《と》り敢《あ》えず逢ってみよう」

半兵衛は、音次郎に目配《めくば》せをした。

「はい。横山さま、おいでになりますか、横山さま……」

音次郎は、板塀の木戸門を叩いて訪《おと》ないを入れた。

背の高い着流しの侍が玄関に現れた。

「横山だが何用かな……」

「私は北町奉行所臨時廻り同心の白縫半兵衛、ちょいと聞きたい事があって伺《うかが》った」

半兵衛は告げた。

「少々お待ちを……」

横山は、玄関から出て来た。

「どうぞ……」

薬湯《やくとう》の臭いが、木戸門を開ける横山から微《かす》かに漂《ただよ》った。

「御造作をお掛けする」

半兵衛、半次、音次郎は木戸門内に入った。

玄関先の庭は綺麗《きれい》に掃除がされ、庭木も手入れがされていた。

半兵衛は、横山新十郎の人柄を知った。

「やあ。私は白縫半兵衛、こっちは半次と音次郎です」

「小普請組《こぶしんぐみ》の横山新十郎です。病で伏せっている者がいるので、申し訳ないが此処で……」

横山は、断わりを入れた。

「いや。此方《こちら》こそ急に訪れて申し訳ない。して、用とは他でもないが、昨夜はどちらにいましたか……」

半兵衛は尋ねた。

「昨夜……」

横山は、戸惑いを浮かべた。

「ええ……」

「病で伏せっている妻に一刻（二時間）置きに薬湯を飲まさなければならぬので、余程の用がない限り家にいましてね。昨夜もずっと屋敷におりましたが……」

横山は、怪訝《けげん》な面持《おもも》ちで半兵衛を見た。

「そうですか……」

「白縫どの、昨夜、何があったのですか……」

「実は、昨夜、上野元黒門町の金貸し徳兵衛と妾が殺されましてね」

半兵衛は、横山を見据えて告げた。

「徳兵衛が殺された……」

横山は驚いた。

「ええ。で、金と殆《ほとん》どの借用証文が奪われましてな」

「そうですか、徳兵衛と妾が殺され、金と殆どの借用証文が奪われましたか……」

横山は眉をひそめた。

「ええ。横山どのの借用証文も……」

「ならば、私の借金は帳消しですか……」

「借用証文がない限りは……」

「それはそれは……」

「それで今、徳兵衛と何かと揉めている者がいるか調べた処……」

「私が浮かびましたか……」

横山は苦笑した。

「ええ。借りた金が二ヶ月で倍の返済になるとは理不尽だと……」

半兵衛は笑った。

「白縫どの、先程も申したように、私は昨夜、此の屋敷におりました」

「念の為ですが、それを証明する事は出来ますか……」

「病で伏せっている妻しかいないが、妻は証人にはなりませんな……」

横山は、厳しい面持ちで半兵衛を見詰めた。

「いえ。良く分かりました」

半兵衛は頷いた。

「白縫どの……」

「いや。お邪魔した……」

半兵衛は微笑《ほほえ》んだ。

半兵衛は、横山新十郎の組屋敷を出て下谷練塀小路を北に向かった。

半次と音次郎は続いた。

「どう思う……」

半兵衛は、半次と音次郎に尋ねた。

「徳兵衛と妾を殺し、金を奪うような人には見えませんね」

半次は告げた。

「あっしも親分の云う通りだと思います」

音次郎は頷いた。

「そうか……」

半兵衛は微笑んだ。

「で、旦那、どちらに……」

「うん。入谷の妙宝寺にね……」

「蒼念さんですか……」

「うん。徳兵衛にしつこく托鉢をする理由を訊いてみようと思ってね」

半兵衛は、半次と音次郎を伴って入谷に向かった。


入谷妙宝寺の山門の僅かに傾いた軒は直され、扁額は綺麗に拭《ふ》かれていた。

蒼念の仕事だ……。

半兵衛は読み、開け放たれている山門から境内を眺めた。

境内の殆どの雑草は刈り取られ、荒れ寺は随分と綺麗になっていた。

「草だらけだったのに、刈り取られて綺麗になっています」

音次郎は、境内を眺めて半次に説明した。

「やはり、此処に居着くつもりですかね」

半次は苦笑した。

「蒼念、いるのかな……」

半兵衛は、山門を潜《くぐ》って境内に入り、庫裏に向かった。

半次と音次郎は続いた。

音次郎は、貼り直された腰高障子《こしだかしょうじ》を叩いた。

「蒼念さん、蒼念さんはおいでですかい……」

だが、庫裏からは誰の返事もなかった。

「いないようですね……」

音次郎は眉をひそめた。

「托鉢にでも出掛けているのかな……」

半次は読み、腰高障子を引いた。

腰高障子は開いた。

「旦那……」

半次は、半兵衛を振り返った。

「ちょいと覗《のぞ》いてみるか……」

半兵衛は頷いた。

半次は、腰高障子を開けて庫裏に入った。

半兵衛と音次郎が続いた。

庫裏の土間には竈《かまど》や流しがあり、囲炉裏のある板の間には笈《おい》が置かれ、僅かな日用品と着替えなどがあった。

半次は、竈に掛けられた鍋と灰を検めた。

鍋に残された雑炊《ぞうすい》は冷え切っておらず、竈の灰は固くなってはいなかった。

「出掛けたばかりのようですね……」

「うむ……」

半兵衛は、庫裏の奥を見た。

庫裏の奥には廊下があり、座敷が見えた。

半兵衛は、草履《ぞうり》を脱いで帯の後ろ腰に挟《はさ》み、板の間に上がって奥に進んだ。

半次と音次郎が続いた。

奥の座敷は畳《たたみ》が上げられており、微かに黴臭《かびくさ》かった。

半兵衛は廊下を進んだ。

半次と音次郎は続いた。

妙宝寺の奥は薄暗くて黴臭く、変わった気配は何もなかった。

半兵衛は、廊下の突き当たりの板戸を開けた。

板戸の向こうには本堂があった。

「本堂だ……」

半兵衛は本堂に入った。

本堂には格子窓《こうしまど》から斜光《しゃこう》が差し込み、祭壇には一尺程の観音像が一体だけ祀《まつ》られていた。

「蒼念さんが祀ったんですかね……」

音次郎は読んだ。

「うん……」

半兵衛は、観音像を手に取って検めた。

「名のある仏師が彫った物ではなさそうだが、中々《なかなか》良い顔をした観音様だな……」

「そうですか……」

半次は頷いた。

半兵衛は本堂を見廻した。

「此《これ》と云って変わった様子はありませんね」

半次は囁《ささや》いた。

「うん……」

半兵衛は、本堂の格子戸を開けた。

眩しい程の陽差しが差し込んだ。

半兵衛は、草履を履《は》いて本堂から回廊に出た。

半次と音次郎が続いた。


半兵衛、半次、音次郎は妙宝寺を出た。

「じゃあ、あっしと音次郎は蒼念さんが帰るのを待ちますか……」

半次は、半兵衛の指示を仰《あお》いだ。

「いや。蒼念の帰りは私が待つ。半次と音次郎は、徳兵衛に金を借りていて、急に羽振《はぶ》りの良くなった者がいないか調べてくれ」

半兵衛は命じた。

「承知しました。じゃあ……」

半次は、音次郎を促して下谷に戻って行った。

半兵衛は、妙宝寺の門前を見廻した。

鬼子母神の大銀杏《おおいちょう》の木は、微風《そよかぜ》に梢《こずえ》の葉を小さく鳴らしていた。

金貸し徳兵衛を恨《うら》んでいた者……。

急に金廻りの良くなった者……。

半次と音次郎は、下谷広小路、神田明神や湯島天神の盛《さか》り場《ば》を縄張《なわば》りにしている地廻《じまわ》りや香具師《やし》に聞き込みを掛けた。

「金貸し徳兵衛を恨んでいた者ですかい……」

地廻りの峰吉《みねきち》は眉をひそめた。

「ああ。知らないかな……」

半次は尋ねた。

「親分、徳兵衛から金を借りる者は、他でどうしても借りられず、利息が高いと分かっていても借りなきゃあならない奴でしてね」

「じゃあ、借りる者は利息が高いのは端《はな》から承知で借りているか……」

半次は知った。

「ええ。ですから、徳兵衛に金を借りて利息が高いと恨む奴は、思っている程、多くはありませんぜ」

峰吉は苦笑した。

「親分、取立屋の平六や竜次は、徳兵衛を恨んでいた者は大勢いるような事を云ってましたよね」

音次郎は眉をひそめた。

「うむ……」

取立屋の平六や竜次と地廻りの峰吉の云う事は、何故か食い違っていた。

「恨んでいる者が思ったより多くないのは、間違いないんだろうな」

半次は念を押した。

「ええ……」

地廻りの峰吉は、薄笑いを浮かべて頷いた。

「親分……」

音次郎は、困惑を過《よ》ぎらせた。

「ああ……」

半次は眉をひそめた。

入谷鬼子母神の境内には、塒《ねぐら》に帰る烏《からす》の鳴き声が響き始めた。

半兵衛は、境内の入口にある切り株に腰掛けて蒼念の帰るのを待った。

饅頭笠を被った托鉢坊主は、影を長く伸ばしてやって来た。

蒼念か……。

半兵衛は、鬼子母神の前を通り過ぎて行く托鉢坊主を追った。

托鉢坊主は、落ち着いた足取りで妙宝寺に向かった。

蒼念に間違いない……。

半兵衛は、托鉢坊主の足取りや身のこなしを読んだ。


蒼念は、妙宝寺の山門を潜った。

半兵衛は、山門から境内を窺った。

「拙僧《せっそう》に何か用ですかな……」

饅頭笠を取った蒼念が、若々しい顔に笑みを浮かべていた。

「やあ……」

半兵衛は苦笑し、境内に入った。

「私は北町奉行所の白縫半兵衛、御坊は……」

半兵衛は笑い掛けた。

「拙僧は蒼念と申します」

「蒼念さんか……」

「はい。して、御用とは……」

蒼念は、半兵衛を正面から見詰めた。

「おぬし、質屋と金貸し、けちと評判の旦那のお店にしつこく托鉢をしているそうですな」

「その事ですか……」

蒼念は苦笑した。

「何故かな……」

「話すと良い事がありますか……」

「何か役に立てるかもしれぬ……」

半兵衛は笑った。

「成る程……」

「で……」

半兵衛は促した。

「捜しているんですよ」

「誰を……」

「死んだ親の残した借金の形《かた》に無理矢理に妾にされた許嫁《いいなずけ》を……」

蒼念は、怒りも昂《たか》ぶりも見せず、静かに告げた。

「借金の形に妾にされた許嫁……」

半兵衛は、思わず訊き返した。

「ええ……」

蒼念は頷いた。

「そうだったのか。して、借金を作った金貸しは何処の誰だ……」

「それが分らぬ故《ゆえ》のしつこい托鉢です……」

蒼念は笑った。

「成る程、托鉢で経を読み、許嫁に己の声を聞かせるか……」

「ええ……」

「して、しつこい托鉢の首尾《しゅび》は……」

「未だ……」

蒼念は、悔しげに首を横に振った。

「そうか。ま、金貸しや質屋、けちな旦那のお店にしつこく托鉢をする理由、良く分かった」

半兵衛は頷いた。

「白縫さん……」

「それにしても、坊主が許嫁とはな。おぬし、元は武士だな……」

半兵衛は苦笑した。

「さあて。それより御用は、しつこい托鉢の事だけではありますまい」

蒼念は、笑顔ではぐらかした。

「うむ。昨夜、何処にいたのかな」

「昨夜ですか……」

「ええ……」

「昨夜は、本堂の片付けをしていましたよ」

「一人でか……」

「御覧の通りの荒れ寺に居着いたばかりでして、寺男も小坊主もおりません。当然、一人ですが。昨夜、何かありましたか……」

「元黒門町の金貸し徳兵衛が年増の妾と一緒に殺され、金と借用証文が奪われてな……」

「ほう。徳兵衛が……」

蒼念は、その眼を一瞬だけ微かに輝かせた。

「ああ。胸を一突きにされてね……」

半兵衛は、蒼念の一瞬の眼の輝きを見逃さなかった。

「そうですか。あの徳兵衛が殺されましたか。して、一緒に殺された妾は年増ですか……」

蒼念は、微かな緊張を滲ませた。

「ああ。歳の頃は三十過ぎで名はおせい……」

「三十過ぎのおせいですか……」

蒼念は、微かな安堵《あんど》を過《よ》ぎらせた。

「おぬしの捜している許嫁、歳と名は……」

「歳は二十三歳、名は青山由衣《あおやまゆい》……」

蒼念は告げた。

「青山由衣、歳は二十三歳か。私も気にしてみよう」

「宜しくお願いします」

「して、蒼念さん、徳兵衛と妾のおせいを殺した者に心当たりはないかな……」

「ありませんよ。心当たりなんて……」

蒼念は眉をひそめた。

「そうか……」

半兵衛は頷いた。

夕陽は、上野の山陰に沈み始めた。

三

居酒屋は客で賑わっていた。

半兵衛は、酒を飲みながら半次と音次郎の報せを受けていた。

「ほう。金貸し徳兵衛を殺したい程、恨んでいる者は思ったより多くはないか……」

半兵衛は眉をひそめた。

「はい。徳兵衛から金を借りる者は、評判の悪さや利息の高いのを承知の上での事、今更それを恨む奴は余りいないと……」

半次は、半兵衛に酌をして手酌で飲んだ。

「明神一家《みようじんいっか》の峰吉を始めとした地廻りや、博奕打《ばくちう》ちたちの殆どがそう云っているんですよ」

音次郎は、戸惑いを浮かべた。

「徳兵衛が悪辣なのを承知で金を借りている限り、恨みはしないか……」

半兵衛は酒を飲んだ。

「ええ。取立屋の平六や竜次は、恨んでいる者が大勢いると云っていましたけど……」

音次郎は首を捻った。

「云っている事が違うか……」

半兵衛は眉をひそめた。

「ええ……」

半次と音次郎は頷いた。

「半次と音次郎はどっちを信じるかな」

「さあて、どっちの云っている事も正しいような」

半次は苦笑した。

「ですが、借用証文を盗んでいる限りは、やはり恨んでいる奴かも……」

「音次郎、そいつは目眩《めくら》ましかもしれないよ」

「目眩ましですか……」

音次郎は眉をひそめた。

「うん。我々の探索を間違った方に向かわせる為にな」

半兵衛は読んだ。

「じゃあ……」

「うん。半次、音次郎。平六と竜次たち、徳兵衛に使われている取立屋を洗ってみる必要がありそうだな」

「徳兵衛に使われている取立屋ですか……」

「うん……」

半兵衛は頷いた。

「分かりました。ちょいと調べてみます」

半次は頷き、半兵衛に酌をした。

「うん。そうしてみてくれ……」

「それで旦那、蒼念さんは如何《いかが》でした」

「うん。そいつなんだがね……」

半兵衛は、酒を飲みながら蒼念に関して分かった事を話し始めた。

居酒屋は楽しげな笑い声に満ちていた。

殺された金貸し徳兵衛に使われていた取立屋は、平六や竜次の他に万造と富五郎の二人がいた。

万造《まんぞう》、富五郎《とみごろう》……。

半次と音次郎は、平六の住む本郷菊坂町《ほんごうきくざかまち》の長屋を訪れた。

「此の長屋ですぜ」

音次郎は告げた。

「うん……」

半次は、おかみさんたちの賑やかな話し声のする井戸端《いどばた》を窺った。

長屋の井戸端では、おかみさんたちが賑やかにお喋《しゃべ》りをしながら洗濯をしていた。

「おかみさんたちにちょいと聞き込みを掛けてみますか……」

「そうだな。音次郎……」

半次は、長屋の奥の家から平六が出て来るのに気が付き、木戸に隠れた。

音次郎が続いた。

おかみさんたちは、家から出て来た平六を無視して洗濯とお喋りを続けた。

取立屋の平六は、長屋のおかみさんたちに嫌われている。

半次と音次郎は読んだ。

平六は、足早に長屋の木戸から出て行った。

「親分……」

「うん。ちょいと追ってみよう」

「合点です」

半次と音次郎は、平六を追った。

平六は、本郷菊坂町の裏通りから本郷の通りに向かった。

托鉢僧の蒼念が元武士なのは間違いない。しかし、蒼念は己の素性に言葉を濁《にご》した。

どのような素性の者なのだ……。

半兵衛は気になり、入谷妙宝寺に向かった。

妙宝寺の山門が開いた。

蒼念が托鉢に行くのか……。

半兵衛は、素早く木陰に入った。

妙宝寺の山門から下男姿の老爺《ろうや》が現れ、境内を振り返って吐息を洩《も》らした。

老爺は蒼念の知り合い……。

半兵衛の勘が囁いた。

老爺は、手にしていた菅笠《すげがさ》を被って妙宝寺の門前を離れた。

半兵衛は、木陰を出て老爺を追った。

入谷鬼子母神の境内は、幼い子供たちの遊ぶ声に溢れていた。

「待て……」

半兵衛は、老爺を呼び止めた。

「此は御役人さま……」

老爺は、巻羽織《まきばおり》の半兵衛に緊張した面持ちで腰を折った。

「私は北町の白縫半兵衛、お前さんは……」

「は、はい。手前は喜作《きさく》と申します」

老爺は喜作と名乗り、菅笠を取った。

「ちょいと訊きたい事がある。付き合って貰おうか……」

半兵衛は笑い掛けた。

半兵衛は、鬼子母神の傍《そば》にある茶店に喜作を誘い、茶を振る舞った。

「遠慮はいらないよ」

半兵衛は微笑み、茶を飲んだ。

「はい。戴《いただ》きます」

喜作は、微かな戸惑いを覚えながら茶を啜った。

「して、喜作、蒼念さんは托鉢に出掛けていたかい……」

「はい。きっと……」

喜作は、半兵衛が蒼念と知り合いなのを知った。

半兵衛は、蒼念が托鉢に出掛けて留守だったのを知った。

「そうか。青山由衣さんが早く見付かるといいがな……」

「お役人さま……」

喜作は、半兵衛が青山由衣を知っているのに微かな驚きを過ぎらせた。

「うん。蒼念さんから聞いたよ」

「そうですか……」

喜作は、安堵を滲ませた。

「喜作は、蒼念さんの実家の奉公人か……」

「はい。小日向《こびなた》の内藤釆女正《ないとううねめのしょう》さまの御屋敷に奉公しております」

「じゃあ、蒼念さんは内藤家の……」

「御三男、蒼三郎《そうざぶろう》さまにございます」

「そうか、蒼念さんは旗本の部屋住《へやず》みの内藤蒼三郎さんか……」

「はい。部屋住みの蒼三郎さまは、御屋敷を出て剣術道場を営むのがお望みでして、五年前に剣術の廻国修行《かいこくしゅぎょう》に御出立になられたのでございます……」

「ほう。剣術の廻国修行か……」

「はい……」

「出家し、僧の修行に出たのではないのだな」

半兵衛は訊き返した。

「はい。剣術の修行に。ですが去年、蒼三郎さまが夫婦《めおと》約束をされた青山由衣さまの御父上さまが亡くなられ、今年、旅の雲水のお姿でお戻りになられたのでございます」

「武者修行に旅立ち、雲水で戻ったのか……」

半兵衛は、微かな戸惑いを過《よ》ぎらせた。

「はい。小日向の御屋敷に托鉢にお見えになった時は、そりゃあもう驚きました」

「だろうな。で、蒼念さんは荒れ寺の妙宝寺に住み着き、御父上の残した借金の形に妾にされた由衣さんを捜し始めたか……」

「左様《さよう》にございます。蒼三郎さまは実家の内藤家に迷惑は掛けられぬと、出家を装《よそお》って妙宝寺に……」

喜作は告げた。

「出家を装い……」

半兵衛は眉をひそめた。

「し、白縫さま……」

喜作は、自分の迂闊《うかつ》な言葉に狼狽《うろた》えた。

「そうか。蒼念さんは偽坊主《にせぼうず》か……」

半兵衛は苦笑した。

托鉢坊主の蒼念は、小日向の旗本内藤家三男の蒼三郎だった。

半兵衛は、蒼念の素性を知った。

神田明神門前町の一膳飯屋は、昼飯時も過ぎて客は少なかった。

取立屋の平六は、一膳飯屋に入って半刻（一時間）近くが過ぎた。

半次と音次郎は、一膳飯屋の前で平六の出て来るのを待っていた。

「平六、飯を食うには刻が掛かり過ぎですね」

音次郎は眉をひそめた。

「ああ。おそらく誰かが来るのを待っているのかもしれないな」

半次は読んだ。

僅かな刻が過ぎた。

「親分……」

音次郎は、足早にやって来る竜次を示した。

「取立屋の竜次か……」

「ええ……」

音次郎は、足早に来る竜次を見詰めた。

竜次は、平六のいる一膳飯屋に入った。

「平六、竜次を待っていたようだな」

半次の読みは当たっていた。

平六と竜次が一膳飯屋から現れ、足早に一方に急いだ。

「親分……」

「ああ……」

半次と音次郎は、平六と竜次を尾行《つけ》た。


神田川の流れは煌《きら》めいた。

平六と竜次は、神田川に架かっている昌平橋《しょうへいばし》を渡った。

半次と音次郎は追った。

平六と竜次は、神田八《や》ツ小路《こうじ》を抜けて神田連雀町《れんじゃくちょう》から三河町《みかわちょう》に進んだ。

「何処に行くのか……」

音次郎は追った。

平六と竜次は、三河町に進んで一軒の家に入った。

半次と音次郎は見届けた。

「誰の家ですかね……」

「うん……」

「ちょいと木戸番に訊いて来ます」
音次郎は駆け去った。
半次は、辺りを見廻し、斜向《はすむ》かいの路地から見張る事にした。
読経《どきよう》が聞こえた。
半次は、経を読む声のする方を見た。
饅頭笠を被った托鉢坊主が、経を読みながらやって来た。
あれ……。
半次は、托鉢坊主を見守った。
托鉢坊主は、平六と竜次の入った家の前に佇《たたず》み、朗々と経を読み始めた。
蒼念さんだ……。
半次は、身のこなしと経を読む声を聞いて托鉢坊主が蒼念だと気が付いた。
となると、平六と竜次の入った家は、金貸しの家に違いない。
半次は睨んだ。
蒼念は、金貸しの家の前に佇んで朗々と経を読み続けた。
「親分……」
音次郎が戻り、托鉢坊主に眉をひそめた。

「おお、誰の家か分かったか……」

「はい。金五郎《きんごろう》って金貸しの家です……」

「金貸し金五郎の家か……」

「はい。で、あの坊さん……」

音次郎は眉をひそめた。

「ああ。蒼念さんだぜ……」

「じゃあ、金五郎も評判の悪い悪辣な高利貸なんですね」

「おそらくな。平六と竜次、徳兵衛が殺され、金五郎に取立屋として雇われたのかな……」

半次は睨んだ。

「ええ。そうかもしれませんね……」

音次郎は頷いた。

蒼念は、金貸し金五郎の家の前で朗々と経を読み続けた。

半次と音次郎は、経を読む蒼念を見守った。

半纏を着た男と浪人が、金貸し金五郎の家から出て来た。

蒼念は、経を読むのを止めなかった。

「煩せえんだよ、坊主……」
半纏を着た男は、経を読む蒼念を突き飛ばそうとした。
蒼念は、経を読んだまま半纏を着た男を躱《かわ》し、その足を素早く払った。
半纏を着た男は、身体を宙に浮かせて尻から地面に落ち、苦しく呻いた。
関口流柔術の鮮やかな足払いだ。
「おのれ……」
浪人は、猛然と蒼念に殴り掛かった。
蒼念は、浪人の殴り掛かった腕を取り、素早く投げを打った。
浪人は、大きく孤《こ》を描いて地面に叩き付けられた。
土埃《つちぼこり》が舞い上がった。
半纏を着た男は、浪人を助け起こして金五郎の家に逃げ込んだ。
「お坊さま……」
女が擦《す》れ違《ちが》って現れ、紙に包んだ御布施を蒼念の頭陀袋に入れた。
蒼念は、経を読むのを止めて女を見詰めた。
女は、蒼念に会釈をして家に入った。
蒼念は立ち尽くした。

「親分……」

「ああ……」

半次は、立ち尽くす蒼念を見詰めた。

蒼念は、金貸し金五郎の家の前から離れ、重い足取りで鎌倉河岸《かまくらがし》に向かった。

「音次郎、平六と竜次を頼む。俺は蒼念さんを追ってみる」

「合点です」

音次郎は頷いた。

半次は、蒼念を追った。

鎌倉河岸には風が吹き抜け、水面《みなも》には小波《さざなみ》が走っていた。

蒼念は、鎌倉河岸の岸辺に佇み、小波の走る水面を見詰めた。

半次は、物陰から見守った。

蒼念は、経を読むのを止めて立ち尽くした。

それは、金五郎の家から出て来た女が御布施をした時からだ。

女……。

女は、蒼念の捜している夫婦約束をした青山由衣なのかもしれない。

半次は読んだ。

蒼念は、鎌倉河岸の岸辺から離れ、重い足取りで神田八ツ小路に向かった。

半次は追った。

金貸し金五郎の家から平六と竜次が出て来た。

平六と竜次は、薄笑いを浮かべて何事かを囁き合い、神田八ツ小路に向かった。

音次郎は追った。

平六と竜次は、神田川に架かっている昌平橋を渡り、明神下の通りを不忍池に向かった。

不忍池は煌めいていた。

平六と竜次は、不忍池の畔を進んだ。

音次郎は尾行《つけ》た。

平六と竜次は、不忍池の畔の料理屋『梅乃家《うめのや》』の暖簾《のれん》を潜った。

音次郎は見届けた。

取立屋の平六と竜次が、二人で酒を飲むのに料理屋に来る筈《はず》はない。それなのに、料理屋『梅乃家』に入ったのは、誰かと逢う為なのかもしれない。

音次郎は読んだ。

もしそうなら、誰と逢って何をするつもりなのだ。

見定める……。

音次郎は、料理屋『梅乃家』を見張った。

料理屋『梅乃家』には、様々な客が出入りした。

音次郎は、老下足番に近付いた。

「父っつあん、ちょいと訊きたい事があるんだが……」

音次郎は、懐《ふところ》の十手《じって》を見せた。

「なんだい……」

老下足番は、十手を見て驚く訳でもなく音次郎を見詰めた。

「平六と竜次って奴を知っているかい……」

音次郎は訊いた。

「ああ。取立屋か……」

老下足番は、蔑《さげす》みと侮《あなど》りを過ぎらせた。

「ええ。誰かと逢っているのかな……」

「さあてな……」

「分かりませんか……」

音次郎は肩を落とした。

老下足番は、そんな音次郎を一瞥《いちべつ》して土間の奥に行った。

駄目か……。

音次郎は、微かな焦りを覚えた。

「兄い……」

老下足番が戻って来た。

「仲居《なかい》に訊いたんだが、取立屋の平六と竜次、二人で豪勢な料理を食って酒を飲んでいるそうだぜ」

老下足番は告げた。

「二人で。誰かと逢っているんじゃあないのか……」

「ああ。平六と竜次の二人だけだそうだ」

「そうですかい……」

音次郎は知った。

旗本内藤家下男の喜作は、入谷鬼子母神前の茶店から小日向の内藤屋敷に帰って行った。

半兵衛は見送った。

内藤蒼三郎が夫婦約束をした青山由衣の父親の半蔵《はんぞう》は、胃《い》の腑《ふ》の長患いで金貸しに高利の金を借りていた。そして、借金を残したまま胃の腑の病で亡くなった。

娘の由衣は、借金の形に金貸しの妾になるしかなかった。

気の毒な話だ……。

半兵衛は、青山由衣に同情した。

内藤蒼三郎は、それを知って剣術の廻国修行を打ち切り、江戸に戻った。そして、実家の内藤家に迷惑を掛けるのを恐れ、托鉢坊主を装って由衣を捜し始めたのだ。

偽坊主か……。

内藤蒼三郎は蒼念となり、入谷にあった無住で荒れ果てた妙宝寺に住み着き、掃除や手入れを始めたのだ。

何故だ……。

半兵衛は、戸惑いを覚えた。

何故、仮住まいである妙宝寺の掃除や手入れをするのだ。

偽坊主蒼念の暮らしも満更《まんざら》でもないのかもしれない。

性に合うか……。

半兵衛は苦笑し、茶店の老婆に茶のお代わりを頼んだ。

鬼子母神の境内には、遊ぶ子供たちの歓声が響いた。

四

「そうか。取立屋の平六と竜次、三河町の金貸し金五郎の家に行き、蒼念さんが托鉢に訪れたか……」

「はい。そして、女が出て来て御布施を渡したのですが、蒼念さん、その後、鎌倉河岸の岸辺で物思いに耽《ふけ》って、疲れたような足取りで入谷に帰りましたよ」

「金貸し金五郎の家から出て来た女か……」

半兵衛は眉をひそめた。

「はい。ひょっとしたら……」

半次は、半兵衛を見詰めた。

「蒼念さんの捜している青山由衣か……」

半兵衛は読んだ。

「かもしれません……」

半次は頷いた。

「うむ。で、音次郎、取立屋の平六と竜次は不忍池の料理屋で豪勢に酒盛りをしていたのだな」

半兵衛は念を押した。

「はい……」

音次郎は頷いた。

「半次、音次郎、殺された徳兵衛の取立屋だった平六と竜次が、どんな用で金貸し金五郎を訪れたのかだ……」

半兵衛は、厳しさを滲ませた。

「はい……」

「よし。音次郎、本郷菊坂町の取立屋の平六から眼を離すな」

半兵衛は命じた。

鎌倉河岸は荷積み荷下ろしも終わり、閑散としていた。

半兵衛は、半次を伴って三河町の金貸し金五郎の家に向かった。

金貸し金五郎の家は、出入りする者もいなく静かだった。

「此処《ここ》ですぜ……」

半次は、金貸し金五郎の家を示した。

「よし……」

半兵衛は促した。

「はい……」

半次は頷き、金貸し金五郎の家の格子戸を叩いた。

家の中から返事があった。

「御免なすって……」

半次は、格子戸を開けた。

格子戸の中には、土間と帳場のある板の間があり、半纏を着た中年男がいた。

「金五郎の旦那はいるかな……」

半次は笑い掛けた。

「ああ。借金に来たのかい……」

「いや。金五郎の旦那にちょいと用があってね。いるなら、呼んで貰おうか
……」

「何だ、手前……」

半纏の中年男は、怒りを浮かべて半次の胸倉を鷲掴《わしづか》みにした。

刹那《せつな》、半次は十手で半纏の中年男の手首を鋭く打ち据えた。

半纏の中年男は悲鳴を上げ、手首を押さえて蹲《うずくま》った。

「煩《うるさ》いな。何の騒ぎだ……」

羽織を着た初老の男が奥から出て来た。

「金貸しの金五郎さんだな……」

「ああ。お前は……」

「俺は本湊の半次、北町奉行所の白縫の旦那が御用があってお見えだぜ」

半次は告げた。

「やあ。お前が金貸しの金五郎か、北町の白縫半兵衛だ……」

半兵衛が入って来た。

「白縫半兵衛さま……」

金五郎は眉をひそめた。

「ああ。ま、座りな……」

半兵衛は、板の間の框《かまち》に腰掛けた。

金五郎は、半兵衛の前に座った。

「で、白縫さま、手前に御用とは……」

金五郎は、半兵衛に探る眼を向けた。

「うん。金五郎、用は二つあってな。一つは昨日、殺された同業の徳兵衛の取立屋の平六と竜次が何しに来たのか教えて貰おう……」

「えっ……」

金五郎は、微かに動揺した。

「平六と竜次が何しに来たかだ」

半兵衛は、金五郎を厳しく見据えた。

「それは……」

金五郎は躊躇った。

「金五郎、金貸しとして名をあげる迄にはいろいろ悪辣な真似をして来た、叩けば埃の舞い上がる身体だ。大番屋《おおばんや》でゆっくり話を聞かせて貰えば、似合う罪咎《つみとが》を見繕《みつくろ》ってやれるってものだ。半次……」

半兵衛は、楽しげに笑いながら脅《おど》した。

「はい……」

半次は、捕《と》り縄《なわ》を出した。

「白縫の旦那、平六と竜次は殺された徳兵衛の残した借用証文を売りに来たんですぜ」

金五郎は、怯《おび》えと悔しさを忙《せわ》しく交錯させて告げた。

「徳兵衛の残した借用証文……」

半兵衛は眉をひそめた。

「ええ。十両以上の大口の借用証文を……」

「旦那……」

「うん。殺された徳兵衛の処に借用証文は一枚もなかったな」

「ええ。平六と竜次の野郎……」

「で、金五郎、その借用証文を買ったんだな」

「ええ。一枚一両で二十枚。〆《しめ》て二十両で買いましたよ」

「見せて貰おうか……」

「おい……」

金五郎は、半纏の中年男に目配せをした。

半纏の中年男は、帳場に置いた箪笥の抽斗から二十枚の借用証文を出した。

半兵衛は検めた。

借用証文は、殺された徳兵衛に宛てたものだった。

金五郎は、殺される前の徳兵衛から譲り受けた借用証文として取立てをし、儲《もう》けるつもりなのだ。

「平六と竜次、此奴《こいつ》を売った金で昨夜は豪勢に酒盛りか……」

半兵衛は、借用証文を検めた。

「ええ……」

半次は、腹立たしげに頷いた。

「金五郎、茶を一杯御馳走して貰おうか……」

半兵衛は笑い掛けた。

「此奴《こいつ》は気の付かない事で。おい、旦那と親分に茶をお持ちしな」

金五郎は、奥に怒鳴った。

「はい。只今《ただいま》……」

女の返事がした。

「処で金五郎、もう一つの用だが。お前、昔、青山半蔵と云う浪人に金を貸していたな……」

半兵衛は、不意に切り出した。

「えっ……」

金五郎は、戸惑いを浮かべた。

「失礼します。遅くなりました……」

若い女が茶を持って現れ、半兵衛に茶を差し出した。

「由衣さんだね」

半兵衛は笑い掛けた。

「えっ……」

若い女は狼狽えた。

金五郎は眉をひそめた。

「やっぱり、青山由衣さんか……」

半兵衛は、若い女を青山由衣だと見定めた。

「お役人さま……」

「お前さんを捜している者がいるよ」

半兵衛は告げた。

「そ、そうですか……」

由衣は俯《うつむ》いた。

「知らなかったのかな……」

半兵衛は、微かな戸惑いを覚えた。

「は、はい……」

由衣は、俯いたまま頷き、半次に茶を差し出した。

知っている……。

由衣は、蒼三郎が捜しているのを知っていると確信した。

「金五郎、由衣さんはどう云う拘《かか》わりなんだい」

「は、はい。お由衣さんは年季奉公を……」

「借金の形にか……」

「はい……」

「そうか。それならちょいと暇《ひま》をやってくれ」

「暇……」

金五郎は、戸惑いを滲ませた。

「ああ……」

「御役人さま……」

由衣は、困惑を浮かべた。

「うん。ちょいと面通《めんとお》しをして貰いたくてね」

半兵衛は微笑んだ。

鎌倉河岸に笹舟は揺れた。

半兵衛は、半次を本郷菊坂町の取立屋平六の住む長屋に走らせ、由衣を入谷妙宝寺に連れて行こうとした。

「白縫さま……」

青山由衣は、鎌倉河岸の岸辺を行く半兵衛に不安げな声を掛けた。

半兵衛は、鎌倉河岸の岸辺に立ち止まった。

「由衣さん、お前さんを捜しているのは夫婦約束をした旗本の三男坊内藤蒼三郎さんだが、気が付いているね」

「は、はい……」

由衣は、哀しげに頷いた。

「蒼三郎は托鉢坊主を装って評判の悪い金貸しの家を托鉢して廻り、昨日、金五郎の家に来て漸《ようや》くお前さんを見付けた。その時、何故、名乗らなかったのかな」

半兵衛は尋ねた。

「白縫さま、私はもう蒼三郎さまと夫婦約束をした時の青山由衣ではないのです。亡き父の残した借金の形に年季奉公と云う名の囲《かこ》われ者。今更、蒼三郎さまにお逢い出来る身ではないのです」

「由衣さん、お前さんの気持ちが分からぬ訳でもないが、蒼三郎はそれでは納得しないだろう……」

「でも……」

由衣は、鎌倉河岸の水面を見詰めた。

笹舟が揺れていた。

見詰める由衣の眼から涙が零《こぼ》れた。

物陰で托鉢坊主の薄汚れた衣が翻《ひるがえ》った。

しまった……。

半兵衛は、蒼三郎が物陰に潜み、由衣の話を盗み聞きして金五郎の家に走ったのに気が付いた。

「由衣さん、蒼三郎だ……」

半兵衛は、蒼三郎を追った。

由衣は続いた。


托鉢坊主の蒼念は、金貸し金五郎の家の格子戸を蹴破った。

「な、何だ、手前……」

半纏を着た中年男は、蒼念に摑み掛かった。

蒼念は、錫杖《しやくじよう》で半纏を着た中年男を殴り倒した。

蒼念は、錫杖を握り締めて板の間にあがって奥に進んだ。


金五郎は、踏み込んで来た蒼念に驚いた。

「金貸し金五郎だな……」

蒼念は、金五郎を見据えた。

用心棒の浪人が、刀を抜いて蒼念に斬り掛かった。

蒼念は、錫杖で浪人の刀を打ち払った。

浪人はよろめいた。

蒼念は、錫杖の鐔《こじり》で浪人の腹を鋭く突いた。

浪人は倒れ、気を失った。

金五郎は、次の間に逃げた。

蒼念は、金五郎を追い詰めた。

「金五郎、死んで貰う……」

蒼念は、満面に殺気と憎しみを浮かべて金五郎に迫った。

金五郎は、恐怖に顔を歪めて激しく震えた。

蒼念は、錫杖を突き付けて迫った。

「そこ迄だ。蒼三郎さん……」

半兵衛が駆け付けた。

「白縫さん……」

「おぬしが人殺しの咎人《とがにん》になる事はない……」

半兵衛は、静かに告げた。

「だが、金五郎がいる限り……」

蒼念は、錫杖の鐔を金五郎の喉元に突き付けた。

「止めろ……」

半兵衛は、刀の柄《つか》を握って抜き打ちの構えを取った。

鋭い殺気が放たれた。

蒼念は微かに怯《ひる》んだ。

刹那、由衣が現れて金五郎を庇《かば》った。

蒼念は驚き、戸惑った。

半兵衛は眉をひそめた。

「蒼三郎さま、どうか、どうか、お止め下さい。お願いにございます」

由衣は、金五郎を庇って蒼念に頼んだ。

「由衣……」

蒼念は混乱した。

「金五郎をお助け下さい。どうか、お願いにございます」

由衣は、蒼念を必死に見詰めた。

「ゆ、由衣、何故だ……」

蒼念は、顔を歪めた。

「蒼三郎さま、金五郎は借金を返す為に岡場所に身売りしようとした私を年季奉公で引き取ってくれたのです」

「年季奉公で引き取ったと云えば聞こえは良いが、借金の形に妾に囲っただけであろう」

蒼念は声を荒らげた。

「それでも、毎晩、何人もの見ず知らずの男の相手をするよりは……」

由衣は、蒼念を正面から見詰めた。

「由衣……」

蒼念は、言葉を失った。

「だから、だから私は死なずに、生きて来れたのです……」

由衣は、蒼念を見据えて告げた。

蒼念は混乱し、錫杖を手にして居間から飛び出した。

「蒼三郎さん……」

半兵衛は追った。

金五郎はへたり込み、肩を震わせて乱れた息を鳴らした。

由衣は、出て行った蒼念に両手を突いて深々と頭を下げた。

涙が零れ落ちた。

本郷菊坂町の長屋は、半次と音次郎に見張られていた。

取立屋の平六は、竜次と料理屋『梅乃家』で豪勢に飲んで二日酔いになったのか、長屋の家から出て来る事はなかった。

半兵衛がやって来た。

「旦那……」

「で、平六は……」

「出掛ける様子はありません。で、由衣さんの方はどうなりました」

半次は尋ねた。

「うん。あれから蒼念さんが来てね」

「蒼念さんが……」

半次は微笑んだ。

「で、由衣さんを助けましたか……」

音次郎は読んだ。

「う、うむ。蒼念さん、金五郎を殺そうとしたよ」

「でしょうね」

音次郎は頷いた。

「だが、由衣が金五郎の命乞《いのちご》いをした……」

半兵衛は告げた。

「命乞い……」

半次は驚いた。

「由衣さんが金五郎の命乞い……」

音次郎は戸惑った。

「ああ。金五郎に囲われなければ、女郎に身売りして、毎晩見も知らぬ男たちの相手をしていた。囲われたから死なずに生きて来れたとね……」

「それで、金五郎の命乞いですか……」

半兵衛は告げた。

半次は知った。

「うん……」

「で、蒼念さんは……」

「呆然《ぼうぜん》としてね。入谷の妙宝寺に帰って行ったよ」

半兵衛は、溜息混じりに告げた。

「辛《つら》いですね……」

半次は眉をひそめた。

「うん……」

半兵衛は、沈痛な面持ちで頷いた。

「で、どうします……」

半次は、長屋の平六の家を示した。

「容赦《ようしゃ》は要らない。平六をお縄にして締め上げる」

半兵衛は、厳しい面持ちで命じた。

「はい。音次郎……」

「合点です」

半次と音次郎は、長屋の平六の家に進んだ。

半兵衛は続いた。

狭い部屋の中には酒の臭いが漂い、取立屋の平六が鼾《いびき》を掻《か》いていた。

半次と音次郎が踏み込み、鼾を掻いている平六の枕を蹴り飛ばした。

「何だ……」

平六は跳ね起きた。

「平六、徳兵衛の処にあった借用証文を奪ったのは、手前らだな……」

半次は告げた。

平六は、逃げようと身を翻した。

半次は、素早く足を引っ掛けた。

平六は、激しくよろめいて壁に突っ込んだ。

壁が崩れ、平六は倒れた。

音次郎は、十手で殴り飛ばして縄を打った。


大番屋の詮議場《せんぎじよう》には、平六の啜り泣きが洩れていた。

半兵衛は、取立屋の平六を容赦なく厳しく責めた。

金貸し徳兵衛と妾のおせんを殺し、金を奪う企《くわだ》てをしたのは取立屋の兄貴分の富五郎だった。富五郎は、舎弟分《しやていぶん》の万造、平六、竜次と勝手知ったる徳兵衛の家に押し込み、妾のおせんと共に殺し、金を奪ったのだ。

平六と竜次は、富五郎から分け前として四十両ずつ貰った。そして、焼き捨てろと命じられた借用証文を竜次と金貸し金五郎に売ったのだ。

平六は何もかも吐いた。

半兵衛は、取立屋の富五郎、万造、竜次を金貸し徳兵衛とおせん殺しで召し捕った。


入谷妙宝寺の山門は開いていた。

半兵衛は、山門を潜って境内に入った。

庫裏の戸口の傍の縁台には、内藤屋敷の老下男の喜作が悄然《しょうぜん》と腰掛けていた。

「やあ。喜作ではないか……」

半兵衛は笑い掛けた。

「此は白縫さま……」

喜作は、縁台から立ち上がって半兵衛に挨拶《あいさつ》をした。

「うん。して、蒼三郎さんはいるかな……」

「それが先程、旅に御出立になられました」

「旅に出た……」

「はい。何も仰《おっしゃ》らず、雲水のお姿で旅立たれました」

「何も云わず、雲水の姿で……」

半兵衛は眉をひそめた。

「はい。白縫さま、何か御存知でしょうか……」

喜作は、心配を露《あら》わにした。

「喜作、私は何も聞いていないし、何も知らないよ……」

世の中には、知らぬ顔をした方が良い事もある……。

内藤蒼三郎は、青山由衣を忘れる為に江戸から旅立ったのだ。

半兵衛は、喜作を残して妙宝寺を後にした。


下谷広小路の雑踏には、様々な者が行き交っていた。

半兵衛は、下谷広小路の雑踏を抜けて明神下の通りを神田川に向かった。

神田川に架かっている昌平橋を旅の雲水が渡って来た。

半兵衛は、昌平橋の袂《たもと》に佇んで旅の雲水を見守った。

旅の雲水は、饅頭笠を僅かに上げて半兵衛に会釈をして擦れ違って行った。

蒼念ではなかった。

半兵衛は見送った。

いつの日にか、偽坊主の蒼念は本物の僧として江戸に帰って来るか、それとも剣客の内藤蒼三郎として現れるかは、誰にも分からない。

きっと、今の蒼念自身も……。

半兵衛は微笑んだ。

偽坊主は旅立った……。

第二話　三毛猫

一

朝。

半兵衛は、半次と音次郎を伴い、吟味方与力《ぎんみかたよりき》の大久保忠左衛門《ちゅうざえもん》が出仕《しゅっし》する前に北町奉行所を出ようとした。

「やあ。半兵衛……」

出仕して来た大久保忠左衛門は、半兵衛を見て顔の皺《しわ》を一段と深くして笑った。

「これは大久保さま、おはようございます」

半兵衛は、半次や音次郎と忠左衛門に挨拶をし、腹の内で己の運の悪さを嘆《なげ》いた。

「うむ。半兵衛、半次、音次郎、おぬしたちも変わりがなくて何よりだ」

忠左衛門は頷《うなず》いた。

「お蔭さまで。では、市中見廻りに……」

半兵衛は、一礼して出掛けようとした。

「待て、半兵衛……」

忠左衛門は、細い筋張《すじば》った首を伸ばした。

来た……。

半兵衛は、思わず首を竦《すく》めた。

又《また》、忠左衛門に面倒な探索を押し付けられる……。

半兵衛は、半次と音次郎を表門脇の腰掛に待たせ、覚悟を決めて忠左衛門の用部屋に入った。

「やあ。丁度、見廻りに行く時に出逢うとは運が良かった。なあ……」

忠左衛門は、半兵衛に笑顔で同意を求めた。

「は、はい……」

運の良い者がいれば、必ず運の悪い者がいるのだ……。

半兵衛は頷き、改めて己の運の悪さを嘆いた。

「して、半兵衛。用とは他でもない……」

忠左衛門は、細く筋張った首を伸ばして身を乗り出した。

「は、はい……」

半兵衛は、思わず身を退《ひ》いた。

「浜町《はまちょう》に屋敷のある旗本小普請組の松本兵衛《まつもとひょうえ》どのが行方《ゆくえ》知《し》れずになってな」

忠左衛門は、白髪眉《しらがまゆ》をひそめて囁《ささや》いた。

「旗本の松本兵衛どのが行方知れず……」

「うむ……」

「行方知れずになった松本兵衛どの、歳は幾つですか……」

「四十三歳と聞く……」

「四十三歳……」

半兵衛は眉をひそめた。

「左様。嫡男《ちゃくなん》も元服《げんぷく》し、漸《ようや》く楽が出来ると云《い》うのに……」

「して、大久保さま。松本兵衛どの、いつ何処《どこ》で行方知れずになったのですか……」

「そいつが奥方の琴乃《ことの》どのの話では、二十日前の朝、屋敷からいなくなっていたそうだ」

「二十日前……」

「うむ。小普請組の組頭《くみがしら》や目付《めつけ》に報《しら》せて騒ぎになるのを恐れ、昨夜、琴乃どのが知り合いの儂《わし》の妻を頼り、内々で相談に参ってな……」

忠左衛門は、困惑を浮かべた。

「四十三歳の分別盛《ふんべつざか》りの旗本が二十日前から行方知れずですか……」

半兵衛は、戸惑いと微《かす》かな興味を覚えた。

「うむ。何があったのか……」

「松本兵衛どの、何か揉《も》め事《ごと》でも抱えてはいなかったのですか……」

「奥方の琴乃どのの話では何も聞いてはいないそうだ……」

「ならば、他に気になる事は……」

「半兵衛、松本兵衛どのは婿養子《むこようし》だそうだが、そのぐらいかな……」

「婿養子……」

「うむ。して、背丈は五尺五寸、目方は十八貫ぐらいだそうだ」

「他に特徴は……」

「特徴か……」

「はい……」

「そう云えば、絵は絵師顔負けの上手《うま》さだそうだ」

「絵が上手い。他には……」

「さあて、奥方の琴乃どのに訊いても首を捻《ひね》るばかりでな……」

「ほう、奥方の琴乃さまは首を捻るばかりですか……」

行方知れずになった旗本松本兵衛は、四十三歳、背丈は五尺五寸、目方は十八貫、そして絵を描くのが上手い……。

「うむ。どうだ、半兵衛、捜してみてくれるか……」

「捜し出せるかどうかわかりませんが、やってみましょう」

半兵衛は頷いた。


浜町堀に架かる高砂橋《たかさごばし》の東岸に越前国《えちぜん》勝山《かつやま》藩江戸上屋敷がある。

四百石取りの旗本の松本屋敷は、勝山藩江戸上屋敷の裏手にあった。

半兵衛、半次、音次郎は、表門の閉められている松本屋敷を眺《なが》めた。

松本屋敷は、静けさに覆《おお》われていた。

「松本家当主の兵衛さまですか……」

半次は眉をひそめた。

「うん……」

「二十日前の朝、いなくなったなんて、神隠しですかね」

音次郎は首を捻った。

「四十三歳の侍が神隠しか……」

半次は呆《あき》れた。

「ありませんね……」

音次郎は苦笑した。

「して、松本家はいなくなった主《あるじ》の兵衛と奥方の琴乃。それに元服したばかりの十六歳の嫡男の真一郎《しんいちろう》。隠居の忠太夫《ちゅうだゆう》の四人家族。後は家来たちと奉公人がいる」

半兵衛は、忠左衛門に聞いた松本家の家族の事を教えた。

「はい……」

「それで、松本兵衛さんが行方知れずなのは、家族と奉公人以外は知らぬ。呉々《くれぐれ》も隣近所の屋敷の者に知られてはならぬそうだ……」

半兵衛は苦笑した。

「分かりました。じゃあ……」

半次は、音次郎を促《うなが》して松本家と主の兵衛についての聞き込みに向かった。

さあて……。

半兵衛は、松本屋敷の表門脇の潜《くぐ》り戸《ど》を叩いた。

松本屋敷は、主が姿を消した所為《せい》か沈んだ雰囲気に満ちていた。

半兵衛は、座敷で奥方の琴乃が来るのを待った。

「お待たせ致しました……」

奥方の琴乃が現れた。

「松本琴乃にございます。どうぞ……」

琴乃は名乗り、半兵衛に茶を差し出した。

「忝《かたじけな》い。私は大久保忠左衛門配下の白縫半兵衛です」

半兵衛と琴乃は挨拶を交わした。

「して、その後、御主人の兵衛さまから何か報《しら》せは……」

「何もございません……」

「ならば、兵衛さまが良く行かれていた処《ところ》は何処ですか……」

「さあ……」

琴乃は眉をひそめた。

「では、一緒に酒を飲んだりする親しい方は御存知ですか……」

「存じません……」

琴乃は首を捻った。

奥方の琴乃は、夫の兵衛の事を余り良く知らないようだった。

「そうですか。ならば、兵衛さまは絵がお上手だったと聞きましたが、書いた絵があればお見せ戴けますか……」

「は、はい。少々お待ち下さい」

琴乃は、会釈をして座敷を出て行った。

元服した嫡男がいる程、長年連れ添って来た夫の事を良く知らない妻……。

半兵衛は、冷えた茶を啜《すす》った。

「おぬしは町奉行所の者か……」

痩《や》せた白髪の老武士が現れた。

隠居の忠太夫……。

半兵衛は気が付いた。

「左様にございます」

半兵衛は会釈をした。

「儂は隠居の忠太夫だ……」

「はい……」

「兵衛が何処で何をしているか知らぬが、見付けた時は、先《ま》ずは儂に報せるのだ。良いな」

忠太夫は、居丈高《いたけだか》に命じて立ち去った。

半兵衛は苦笑した。

「お待たせ致しました……」

琴乃が戻って来た。

「此《これ》にございます」

琴乃は、持参した数枚の絵を半兵衛に差し出した。

「拝見します」

半兵衛は、数枚の絵を見た。

絵は風味豊かな風景画と三毛猫の写生画であり、見事な出来栄えのものだった。

「此の絵、お借りしても宜しいですか……」

半兵衛は尋ねた。

「そのような絵、役に立つのならどうぞ……」

琴乃は、冷ややかに告げた。

「ならば、お借りします」

半兵衛は微笑《ほほえ》んだ。

浜町堀には幾つかの橋が架かっており、その中の一つが高砂橋だった。

その高砂橋の西詰に、旗本の松本屋敷に出入りを許されている酒屋『越乃屋《こしのや》』はあった。

半次と音次郎は、酒屋『越乃屋』の手代《てだい》を物陰に呼んだ。

「はい。御旗本の松本兵衛さまの御屋敷には御出入りを許されておりますが……」

手代は、怪訝《けげん》な面持《おもも》ちで頷いた。

「松本さまの御屋敷、どんな風かな。お殿さまが厳しいとか、甘いとか……」

半次は尋ねた。

「さあ、良くは分かりませんが、下男の甚助《じんすけ》さんのお話じゃあ、お殿さまは穏やかな方だそうですよ」

「穏やかな方ねえ。酒は飲まれるのかな……」

「ええ。松本さまの御屋敷では、毎月お酒は一斗樽《いっとだる》を二つ。お殿さまもお飲みになられるそうですが、やはり御隠居さまが……」

　手代は苦笑した。

「へえ、御隠居が飲むのか……」

「ええ。隠居されていると仰《おっしゃ》っても、未だ未だお元気でして、何と云っても、お殿さまは婿養子だそうですから……」

「婿養子……」

　音次郎は驚いた。

「松本家のお殿さまは、婿養子なのか……」

　半次は眉をひそめた。

「ええ。だから、松本家は未だに何事も御隠居さまが決めているそうですよ」

「成《な》る程《ほど》な。処で、お殿さまと奥方さまの夫婦仲は、どうなんだい」

　半次は訊いた。

「さあ、そこ迄《まで》は……」

手代は首を捻った。

「そうか。いろいろと造作を掛けたな。此の事は誰にも内緒だぜ……」

半次は、手代に素早く小粒《こつぶ》を握らせた。

囲炉裏《いろり》の火は燃えた。

半兵衛は、半次と音次郎の聞き込みの結果を聞いた。

「うん。松本家当主の兵衛が婿養子だとは聞いていたが、未《いま》だ以《もつ》て隠居の忠太夫がな……」

半兵衛は、居丈高な忠太夫を思い出した。

「はい。で、旦那の方は何か……」

半次は、茶碗酒を啜った。

「うん。奥方の琴乃、余り夫の兵衛の事を知らないようだ」

半兵衛は苦笑した。

「へえ。奥方さまがねえ……」

「ああ。それから此奴《こいつ》を見てみろ」

半兵衛は、兵衛の描いた絵を半次と音次郎に見せた。

「此の絵、兵衛さまが描いた絵ですか……」

半次は眉をひそめた。

「うん……」

半兵衛は頷いた。

「上手いもんですねえ。此の三毛猫、生きているように見えますね」

音次郎は感心した。

「ほう。音次郎は絵の上手い下手が分かるようだな……」

半兵衛は笑った。

「いえ。上手いか下手かは良く分かりませんけど、生きているように見えて……」

音次郎は、三毛猫が描かれている絵を眺めた。

「知り合いの絵師に見て貰ったのだが、絵師顔負けの上手さだそうだよ」

「やっぱり……」

音次郎は嬉《うれ》しげに頷いた。

「で、もし、此から同じ描き手の絵を見掛けたら報せてくれと頼んで来た」

半兵衛は告げた。

「そうですか。で、どうします……」

半次は、半兵衛の出方を窺《うかが》った。

「うん。明日、兵衛の実家に行って、若い頃の兵衛の事を調べてみるか……」

半兵衛は酒を飲んだ。

絵に描かれた三毛猫は、揺れる囲炉裏の炎を受けて動いたように見えた。

松本兵衛の実家は本郷《ほんごう》御弓町《おゆみちょう》にあった。

旗本二百石取りの村上《むらかみ》家がそうであり、当主の恭一郎《きょういちろう》は、兵衛の兄左門《さもん》の嫡男だった。

兵衛は村上家の次男の部屋住みであり、家督《かとく》は兄の左門が継いだ。そして、兵衛は松本家の婿養子となった。

歳月は過ぎ、兄の左門は隠居し、村上家は嫡男の恭一郎が家督を継いでいた。

「松本兵衛の部屋住みの頃を知っている者は、もう余りいないのかもしれないな」

半兵衛は、村上屋敷を眺めた。

「ええ。ま、いたとしても年寄りですか……」

半次は、旗本屋敷の連《つら》なる町を見廻した。

「旦那、親分……」

音次郎は村上屋敷を示した。

袖無《そでな》し羽織《ばおり》を着た初老の武士が、脇差《わきざし》だけを差して村上屋敷から出て来た。

「村上家の御隠居ですかね……」

音次郎は眉をひそめた。

「ああ。きっと松本兵衛の兄上の左門さまだろうな」

半次は読んだ。

初老の武士は、本郷の通りに向かった。

「どうします」

初老の武士は左門であり、弟の兵衛に逢いに行くのかもしれない。

半兵衛は読んだ。

「よし、追ってみよう」

半兵衛は、左門を尾行《つけ》た。

半次と音次郎は続いた。

左門は、落ち着いた足取りで本郷の通りに進んだ。

北《きた》ノ天神真光寺《てんじんしんこうじ》の境内《けいだい》には参拝客が行き交い、幼い子供たちが遊んでいた。

左門は、境内の隅の茶店の縁台《えんだい》に腰掛けて茶を頼んだ。

半兵衛は、半次や音次郎と石灯籠《いしどうろう》の陰から見守った。

左門は、茶店で茶を飲みながら行き交う参拝客を眺めていた。

「散歩ですかね……」

音次郎は読んだ。

「かもしれないな……」

半兵衛は頷いた。

「旦那。ひょっとしたら、弟の松本兵衛が来るのを待っているのかもしれませんよ」

半次は読んだ。

「うむ……」

半兵衛は頷き、左門を見守った。

左門は、ゆったりとした面持ちで茶を飲んでいた。

僅《わず》かな刻が過ぎた。

百姓の老爺《ろうや》が参道を足早にやって来た。そして、茶店を眺めて左門に近付いた。

「旦那、親分……」

音次郎は、緊張に喉を鳴らした。

「うん……」

半兵衛は見守った。

老爺は、左門に近寄って何事かを尋ねた。

左門は頷いた。

老爺は、左門に一通の手紙を差し出した。

左門は、手紙を受け取って老爺に心付《こころづ》けを渡した。

老爺は、左門に何度も頭を下げて立ち去って行った。

「半次、音次郎。あの年寄りが何処の誰か突き止め、誰に頼まれて左門さんに手紙を届けたのかをな」

半兵衛は命じた。

「承知……」

半次と音次郎は、老爺を追った。

左門は、手紙を読み始めた。

もしかしたら兵衛からの手紙なのか……。

半兵衛は見守った。

左門は、手紙を読み終わり、吐息を洩《も》らして茶店から出た。

さあて、どうする……。

半兵衛は、左門を尾行た。

二

本郷の通りには多くの人が行き交っていた。

老爺は、本郷の通りを北に進んだ。

半次と音次郎は、老爺を尾行た。

老爺は、加賀《かが》国金沢《かなざわ》藩江戸上屋敷の前を通って追分《おいわけ》に出た。

本郷の通りの追分は、駒込《こまごめ》へと続く日光《にっこう》御成道《おなりみち》、板橋《いたばし》へと続く中山道《なかせんどう》、そして千駄木《せんだぎ》に続く道に別れていた。

老爺は、追分の別れ道を千駄木に進んだ。

半次と音次郎は追った。

北ノ天神真光寺を出た村上左門は、来た道を戻り始めた。

御弓町の屋敷に帰るのか……。

半兵衛は尾行た。

左門は、御弓町の通りに入って北に曲がった。

半兵衛は戸惑った。

村上屋敷に行くには、反対側の南に曲がらなければならないのだ。

それを北に曲がったのだ。

やはり、左門は何処かに行く……。

半兵衛は追った。

老爺は、千駄木に進んで根津権現《ねづごんげん》の裏に出た。そして、裏門から根津権現の境内に入り、参道に進んだ。

半次と音次郎は続いた。

参拝人の行き交う根津権現の参道には、様々な行商人が露店《ろてん》を連ねていた。

「やあ。千吉《せんきち》さん、留守番をさせて済まなかったね」

老爺は、七味唐辛子《しちみとうがらし》売りに声を掛け、隣の大根や人参などの野菜を置いた筵《むしろ》に座った。

「友造《ともぞう》の父っつあん、大根が二本と人参が二束だ。お代は笊《ざる》に入れといたぜ」

七味唐辛子売りの千吉は笑った。

「忝《かたじけね》え……」

「なあに、お互い様だよ」

老爺と七味唐辛子売りは商売を続けた。

半次と音次郎は見届けた。

「名前は友造、近くのお百姓のようですね」

「うん……」

「で、どうします……」

音次郎は出方を尋ねた。

「手紙を頼んだ者が首尾《しゆび》を訊きに来るかもしれない。ちょいと様子を見よう」

半次は決めた。

露店の並ぶ根津権現の参道には、参拝客が行き交った。

明地《あけち》の雑草は微風《そよかぜ》に揺れていた。

村上左門は振り返った。

やはり、尾行に気付いての誘いだった……。

半兵衛は、身を隠す事もなく苦笑した。

「何か用かな……」

左門は、半兵衛を見詰めた。

「弟の松本兵衛どのに、変わりはありませんか……」

半兵衛は鎌を掛けた。

「うむ。ないようだ……」

左門は、懐《ふところ》の手紙を一瞥《いちべつ》した。

「そうですか……」

半兵衛は頷いた。

左門は、鎌に引っ掛かった。

やはり、手紙は松本兵衛からのものであり、達者でいるようだ。

「町方のおぬしが何故、捜す……」

左門は、巻羽織の半兵衛を見詰めた。

「伝手《つて》を通して頼まれましてね」

「そうか……」

「して、屋敷を出たのは、己の意志で……」

半兵衛は眉をひそめた。

「うむ。どうやらそのようだ。自分の事は忘れてくれ。達者で暮らしてくれとな……」

左門は、淋しそうな笑みを浮かべた。

「それだけですか……」

「うむ。それだけだ……」

「姿を消した理由や何処にいるかは……」

半兵衛は尋ねた。

「知らぬ……」

左門は、首を横に振った。

「そうですか。処で今日、何故に北ノ天神に行ったのですか……」

「昼下がりに北ノ天神に散歩に行くのは、隠居してからの日課でな」

「それは……」

「兵衛も知っている事だ」

「ならば、それで使いを……」

松本兵衛は、兄の村上左門の日課を知っていて百姓の老爺に手紙を届けさせたのだ。

半兵衛は知った。

「うむ。兵衛の松本家での暮らしがどのようなものだったか、何があったのか、良く知らぬが、落ち着いていて分別のある弟のした事だ、それなりの理由があってに違いない。どうだ、此のままそっとしておいてやってはくれぬか……」

「御隠居さま……」

「頼む……」

左門は、半兵衛に白髪交じりの頭を下げた。

此迄《これまで》だ……。

半兵衛は見極めた。

陽は西に大きく傾き、微風に揺れる明地の雑草は煌《きら》めいた。

夕暮れ時。

根津権現の参拝客は途絶えた。

参道の行商人たちは、露店を片付けて帰り始めた。

「じゃあ、友造の父っつあん、お先に……」

「おう。又《また》明日な……」

七味唐辛子売りの千吉は、友造を残して帰って行った。

友造は、売れ残った野菜を竹籠《たけかご》に入れて背負い、筵を巻いた。

「親分、手紙を頼んだ者、現れませんでしたね……」

「うん……」

半次は、友造に近寄った。

音次郎は続いた。

友造は、近寄って来る半次と音次郎に怪訝な眼を向けた。

「やあ。友造さんだね……」

半次は、笑い掛けた。

「え、ええ……」

友造は、怪訝な面持ちで頷いた。

「ちょいと、訊きたい事があってね」

半次は、懐の十手を見せた。

「な、なんでしょうか……」

友造は、怯《おび》えと警戒を交錯させた。

「今日、本郷の北ノ天神で旗本の御隠居村上左門さまに手紙を届けたね」

「はい……」

「そいつは、誰かに頼まれたのかな……」

「は、はい……」

友造は、躊躇《ためら》い気味に頷いた。

「頼んだのは誰だい……」

「扇子《せんす》売りの平十《へいじゅう》さんです」

「扇子売りの平十……」

半次は眉をひそめた。

「はい。自分は用があって行けないので、昼過ぎの北ノ天神の境内の茶店に村上左門さまと云う旗本の御隠居がいる筈《はず》だから、手紙を届けて欲しいと……」

友造は告げた。

「それで届けたのかい……」

「はい……」

「で、頼んだ扇子売りの平十ってのは、どんな人かな……」

「歳の頃は四十半ばで、白扇にお客の注文する絵を描いて売る行商人でしてね。穏やかで親切な人ですよ」

「白扇に絵を描いて売る……」

半次は、松本兵衛が絵師顔負けの絵の描き手なのを思い出した。

「親分……」

音次郎は眉をひそめた。

「ああ……」

扇子売りの平十は、絵の上手い松本兵衛なのかもしれない。

半次と音次郎は睨《にら》んだ。

「ああ。その平十さん、家は何処か知っているかい……」

「此の近くだと思いますが、何処かは……」

友造は首を捻った。

「知りませんかい……」

「ええ……」

友造は、平十の家を知らなかった。

「じゃあ、いつ頃から此処《ここ》で扇子売りをしているんですかい……」

「昔は時々でしたが、近頃は毎日のように来て商売をしていますよ」

友造は答えた。

「昔は時々……」

半次は戸惑った。

「平十さん、昔から時々、扇子売りに来ていたんですか……」

音次郎は尋ねた。

「ええ。昨日今日と来ていませんがね」

「そうですか。親分……」

「うん……」

半次は、厳しい面持ちで頷いた。

夕陽は沈み、根津権現に大禍時《おおまがとき》が訪れた。

扇子売りの平十……。

半兵衛は、半次と音次郎の報告を聞き、扇子売りの平十が松本兵衛だと読んだ。

「旦那もそう思いますか……」

「ああ。間違いあるまい……」

「ですが、平十は昔から時々、根津権現で商いをしていたってのが、気になりますね」

音次郎は眉をひそめた。

「うむ。もし、そいつが本当なら松本兵衛は、昔からいつかは松本家から消えるつもりだったのかもしれないな」

半兵衛は読んだ。

「昔からですか……」

「ああ。何故かは分からないけどね。ま、何《い》れ《ず》にしろ根津権現を張り込んで扇子売りの平十が現れるのを待つしかあるまい」

半兵衛は決めた。

「はい。で、旦那、兄上さまの村上左門さまは、何も知らないと……」

半次は眉をひそめた。

「うん。弟の兵衛は己の意志で松本家を出たのだから、此のままそっとしておいてくれとね……」

「何か妙ですね……」

半次は首を捻った。

「半次もそう思うか……」

「じゃあ旦那も……」

「ああ。何かすっきりしなくてね。ま、そいつも平十が見付かればはっきりするだろう」

半兵衛は苦笑した。

根津権現の境内には参拝客が行き交い、参道に連なる露店を覗《のぞ》いていた。

参道には、野菜売りの友造、七味唐辛子売りの千吉の他に火打鎌《ひうちがま》売り、羅宇《らう》屋《や》、艾《もぐさ》売り、飴屋《あめや》、茶飯《ちゃめし》売り、玩具《がんぐ》売り、古道具屋などが露店を開いていた。

半兵衛、半次、音次郎は、物陰から眺めた。

露店を開いている行商人たちの中には、扇子売りはいなかった。

「扇子売りはいませんね……」

半次は眉をひそめた。

「うん……」

半兵衛は頷いた。

「ちょいと、訊いて来ますか……」

半次は、半兵衛に指示を仰いだ。

「うん……」

半兵衛は頷いた。

半次は、参拝客を装《よそお》って野菜売りの友造に近付いた。

半兵衛と音次郎は見守った。

「やあ、友造さん……」

半次は笑い掛けた。

「こりゃあ親分さん……」

友造は、思わず辺りを見廻した。

「扇子売りの平十さん、今日も休みかな……」

半次は、小声で訊いた。

「ええ。そのようですね……」

友造は頷いた。

「で、平十さんの家、やっぱり分からないかな」

「はい……」

友造は、申し訳なさそうに頷いた。

「そうかい。じゃあ、又来るよ……」

半次は、友造の許を離れた。

半次は、大きく迂回《うかい》して半兵衛と音次郎の許に戻って来た。

「扇子売りの平十、どうやら今日も休みのようだね」

半兵衛は読んだ。

「ええ……」

半次は頷いた。

「家は此の近くの筈だと云っていたね」

「はい。門前町から宮永町《みやながちょう》、裏の千駄木から谷中界隈《やなかかいわい》ですか……」

半次は読んだ。

「よし。此処は私が見張る。半次と音次郎は、門前町から聞き込んでみてくれ」

半兵衛は命じた。

「承知しました。行くぞ、音次郎……」

「はい。じゃあ旦那……」

音次郎は、半兵衛に会釈をして半次と共に駆け去った。

半兵衛は、石灯籠の陰から連なる露店を眺めた。

露店の連なる参道には、参拝客が行き交っていた。


半次と音次郎は、根津権現門前町や宮永町の自身番《じしんばん》を訪れ、扇子売りの平十がいるかどうか尋ねた。

「さあ、いないね、扇子売りの平十さん……」

宮永町の自身番の店番は、町内名簿を捲《めく》りながら首を捻った。

「そうですか。じゃあ、松本兵衛か村上兵衛さんってお侍はいませんか……」

半次は尋ねた。

「お侍の松本兵衛か村上兵衛さんねえ……」

店番は、再び町内名簿を捲り始めた。

半次と音次郎は、店番の返事を待った。

連なる露店には、僅かな客が立ち寄った。

だが、古道具屋に客は立ち寄らず、店主は暇を持て余していた。

よし……。

半兵衛は、巻羽織を脱いで古道具屋に近寄った。

「やあ……」

半兵衛は笑い掛けた。

「こりゃあ旦那、いらっしゃいませ」

古道具屋は、久し振りの客に張り切った。

「何か掘出物《ほりだしもの》はあるかな……」

半兵衛は、筵の上に並べられている壺《つぼ》や茶碗、軸《じく》や置物などの古道具を眺めた。

「ありますよ、旦那。掘出物が……」

古道具屋は、背後から古い桐箱を取り出して蓋《ふた》を開けた。

「ほう。何かな……」

半兵衛は、楽しそうに笑った。

古道具屋が、古い桐箱から蓮《はす》の葉の上で座禅《ざぜん》を組んでいる蛙《かえる》の銀の置物を取り出した。

「ほう。鍛銀《たんぎん》の蛙の置物か……」

「ええ。名人銀《しろがね》師《し》の初代河内屋《かわちや》久斎《きゆうさい》の作った鍛銀の蛙の置物、見事な逸品《いっぴん》にございますよ」

古道具屋は、自慢げに告げた。

「初代河内屋久斎か……」

半兵衛は、名人銀師の初代河内屋久斎を知らなかった。

「はい。如何《いかが》でしょうか……」

「うむ……」

半兵衛は、蛙の置物を手に取って見た。

「ずんとお安くして僅か一両で……」

古道具屋は声を潜《ひそ》めた。

「ほう。名人銀師の初代河内屋久斎の作った置物が一両か……」

半兵衛は苦笑した。

名人の作にしては安過ぎる……。

「ま。蛙の置物は此の次だ。それより、気の利いた洒落《しやれ》た扇子はないかな……」

半兵衛は尋ねた。

「扇子にございますか……」

古道具屋は眉をひそめた。

「うむ。根津権現の露店には、白扇に好みの絵を描いてくれる扇子売りがいると聞いて来たのだが……」

「ああ。それは扇子売りの平十さんって人ですが、此処の処、休んでいましてね」

「そうか。休みか……」

「旦那、平十さんの扇子なら、此処にもありますよ」

古道具屋は、古い根付《ねつけ》、煙管《きせる》、櫛《くし》、簪《かんざし》などの小物を入れた木箱から一本の扇子を出した。

「ほう。此がその扇子売りの扇子か……」

半兵衛は、扇子を受け取って開いた。

扇子には、紫色の桔梗《ききょう》の花が一輪、淡い色遣いで描かれていた。

半兵衛が、松本家の奥方から預かった松本兵衛の描いた絵と筆致や色遣いなどが同じだった。

松本兵衛の描いた絵……。

やはり、扇子売りの平十は、松本兵衛なのだ。

半兵衛は読んだ。

「よし。此の扇子を貰うよ」

半兵衛は、扇子売りの平十の扇子を買った。

根津権現門前町や宮永町には、扇子売りの平十は勿論《もちろん》、武士の松本兵衛や村上兵衛は住んでいなかった。

半次と音次郎は、根津権現の裏、北側になる千駄木町を訪れた。

千駄木の町は、武家屋敷や田畑の間に幾つかに別れてあった。

半次と音次郎は、千駄木町の自身番を訪れて扇子売りの平十を捜し続けた。

昼飯時が訪れた。

根津権現の参拝客は途絶え、露店の行商人たちは弁当を食べたり、近くの一膳飯屋に行ったりしていた。

半兵衛は、聞き込みから戻って来た半次や音次郎と茶店の亭主に作って貰った握り飯を食べ、連なる露店を見張った。

半兵衛は、古道具屋から買った平十が絵を描いた扇子を半次と音次郎に見せた。

「へえ、平十さんが絵を描いた扇子ですか……」

半次は、扇子を広げた。

紫色の桔梗の花が一輪、淡い色遣いで描かれていた。

「これはこれは……」

半次は眼を瞠《みは》った。

「へえ、上手いもんですねえ……」

音次郎は感心した。

「うん。見事な扇子だ」

半兵衛は頷いた。

扇子売りの平十は、連なる露店に現れる事はなかった。

陽は西に大きく傾いた。

前掛をした若い娘が現れ、野菜売りの友造の露店で大根や人参を買った。

前掛をした娘は、探るような眼で辺りを窺い、大根と人参を持って根津権現の裏手に向かった。

妙だ……。

半兵衛の勘が囁いた。

「半次、此処を頼むよ」

「はい……」

「音次郎、一緒に来な」

半兵衛は、音次郎を連れて前掛をした娘を追った。

三

根津権現の境内を抜けて裏に出ると、千駄木の町と大名家の下屋敷がある。

前掛をした娘は、大根と人参を持って千駄木町に進んだ。

半兵衛と音次郎は尾行た。

前掛をした娘は、足早に千駄木町を進んだ。そして、千駄木町から団子坂《だんござか》を通って田畑の間の田舎道に進んだ。

田舎道を進むと小川があり、小さな橋が架かっていた。

前掛をした娘は、小さな橋を渡って様々な木の植えられている植木屋の庭に入って行った。

庭の入口には、植木屋『植甚《うえじん》』と書かれた看板が掲げられていた。

半兵衛と音次郎は見届けた。

「植木屋植甚ですか……」

音次郎は、看板を読んだ。

「うん……」

「若い娘、植甚の女中ですかね……」

音次郎は読んだ。

「さあて、どうかな……」

半兵衛は眉をひそめた。

「旦那……」

音次郎は、団子坂からの田舎道を示した。

植木職人たちが、空の大八車《だいはちぐるま》を引いて帰って来た。

「よし。今日は此処迄《ここまで》だ……」

半兵衛は、音次郎を伴って植木屋『植甚』から離れた。

燭台《しょくだい》の火は瞬《また》いた。

「して、如何かな……」

大久保忠左衛門は、喉を鳴らして筋張った細い首を伸ばした。

「はい。どうにか目鼻が付いて来たようです」

半兵衛は笑った。

「そうか。それは重畳《ちょうじょう》。して、松本兵衛、何処にいるのかな……」

忠左衛門は笑い掛けた。

「大久保さま、そいつは未だです」

「未だ……」

忠左衛門は白髪眉をひそめた。

「ええ。此と思える者はいるのですが、未だ顔を見ていませんでしてね……」

「そうか……」

忠左衛門は、痩せた肩を落とした。

「大久保さま、何か……」

半兵衛は、忠左衛門の落胆に微かな違和感を覚えた。

「う、うん。松本家の奥方と御隠居が煩《うるさ》く云って来てな……」

忠左衛門は、煩《わずら》わしそうに吐息を洩らした。

「ほう。そんなにですか……」

「うむ。世間に知られ、婿養子に見限られたと思われるのを恐れているのだろう」

忠左衛門は、腹立たしげに告げた。

「成る程……」

半兵衛は苦笑した。

「して、半兵衛。松本兵衛かと思える者は本当にいるのだな」

忠左衛門は念を押した。

「それはもう……」

半兵衛は微笑み、頷いた。

根津権現参道に露店が連なり、参拝客を相手に商いを始めていた。

「扇子売りの平十、今日も休みのようですね」

音次郎は、扇子売りのいない露店の連なりを眺めた。

「よし。此処は半次が引き続き見張ってくれ」

半兵衛は命じた。

「承知しました」

半次は頷いた。

「私は音次郎と千駄木の植木屋の植甚をちょっと調べてみるよ」

半兵衛は、音次郎を従えて千駄木町に向かった。

半次は、木陰から連なる露店を見張った。


田畑の緑は微風に揺れていた。

半兵衛と音次郎は、野良仕事をしている百姓に聞き込みを掛けた。

「植木屋の植甚ですか……」

百姓は、緑の田畑の向こうに見える木々に囲まれた植木屋『植甚』を眺めた。

「うん。繁盛《はんじょう》しているのかな」

半兵衛は尋ねた。

「そりゃあ、毎日のように若い衆が植木を運んでいますからね。それなりに繁盛していると思いますよ」

「そうか。して、親方ってのは、どんな人なんだい」

「甚五郎《じんごろう》さんって四十過ぎの二代目でしてね。植木職人としての腕は勿論、商い上手の遣《や》り手《て》だって評判ですよ」

「成る程。じゃあ、二十歳程の娘は甚五郎の子なのかな」

「二十歳程の娘……」

「ええ……」

「ああ。おさよちゃんですか……」

「おさよちゃん……」

「ええ。おさよちゃんは、甚五郎さんの姉さんの娘。姪《めい》ですよ」

「姉さんの娘……」

「ええ。甚五郎さんの子は二人とも男ですからね……」

「そうか……」

野菜売りの友造の許に大根や人参を買いに来た娘は、植木屋『植甚』の親方甚五郎の姪のおさよだった。

半兵衛は、木々に囲まれた植木屋『植甚』を眺めた。

植木屋『植甚』は、若い衆が仕事に出掛けているのか静かだった。

「処で植甚に、侍はいないかな」

半兵衛は尋ねた。

「お侍……」

「うむ……」

百姓は眉をひそめた。

「さあ、お侍は知りませんねえ」

百姓は首を捻った。

「そうか、知らないか……」

「はい……」

百姓は頷いた。

此迄だ……。

「いや。造作を掛けたね。此の事、他言は無用だよ」

半兵衛は、百姓に小粒を握らせた。

「それはもう……」

百姓は、小粒を握り締めて頷いた。

半兵衛は、音次郎を伴って田畑から田舎道に戻った。

「旦那……」

音次郎は、半兵衛に次の出方を窺った。

「音次郎、聞いていた通りだ。植甚の様子をそれとなく探ってくれ……」

「合点です。じゃあ……」

音次郎は、植木屋『植甚』の裏手に向かって田舎道を進んで行った。

半兵衛は見送った。


「して、兵衛は何処に潜んで何をしているのかな……」

松本家の隠居の忠太夫は、白髪眉をひそめて大久保忠左衛門に迫った。

「さあ。そこ迄は拙者《せっしゃ》も聞いてはおりませんでしてな」

忠左衛門は苦笑した。

「だが、白縫半兵衛なる同心が兵衛を見付けたのは、間違いはないのだな」

「そりゃあ、もう……」

「ならば、白縫半兵衛に訊く迄だ」

忠太夫は、居丈高に云い放った。

「お好きなように。だが、白縫半兵衛、己が納得出来なければ、如何《いか》に松本忠太夫どのでも何も話しませんぞ」

忠左衛門は、筋張った細い首を伸ばした。

「ふん。町奉行所の貧乏役人、一両も握らせれば、喜んで話すだろう」

忠太夫は、侮《あなど》りを浮かべて云い放った。

「そう思うのなら、やってみるのですな。拙者、御用繁多《はんた》。話は此迄です。お引き取り下され」

忠左衛門は、筋張った細い首を引《ひ》き攣《つ》らせて云い放った。

植木屋『植甚』は、広い庭に様々な木々が植えられていた。そして、親方の甚五郎の家族の住む母屋《おもや》があり、横手には若い植木職人たちの暮らしている長屋や納屋《なや》などがあった。

音次郎は、垣根の隙間から植木屋『植甚』の広い敷地を覗いた。

母屋の裏手には家作《かさく》があり、庭先では前掛をした娘が洗濯物を干していた。

親方甚五郎の姪のおさよだ……。

音次郎は、おさよを見守った。

おさよの干す洗濯物は、男や女の寝間着や肌着だった。

干されている寝間着は、色柄から見て初老の男女と花柄の物があった。

花柄の寝間着はおさよ、初老の男女の物は母親と父親……。

音次郎は読んだ。

薬湯の微かな臭いが微風と共に吹き抜けた。

煎《せん》じ薬《ぐすり》の臭い……。

音次郎は気が付いた。

だが、何処から吹き抜けたかは分からなかった。


その日も扇子売りの平十は、根津権現の連なる露店に現れなかった。

「今日も現れませんでしたね」

半次は吐息を洩らした。

「うん。扇子売りの平十、私たちが捜しているのに気が付いたのかもしれないな」

半兵衛は読んだ。

「ええ。かもしれませんねえ……」

半次は頷いた。

夜の八丁堀北島町《はっちょうぼりきたじまちょう》には、夜廻りの木戸番の打つ拍子木《ひょうしぎ》の音が響いていた。

半兵衛と半次は、北島町の半兵衛の組屋敷に帰って来た。

「旦那……」

半次は、怪訝な面持ちで半兵衛の組屋敷の前を示した。

半兵衛の組屋敷の前には、二人の武士が佇《たたず》んでいた。

「うん……」

半兵衛は眉をひそめた。

「どうぞ……」

半次は、松本忠太夫と背後に控えた家来に茶を差し出した。

「して、御用とは松本兵衛さんの居所ですか」

半兵衛は尋ねた。

「うむ。大久保どのに訊いた処、おぬしが見付けたと……」

忠太夫は、半兵衛を見据えた。

「ええ。だろうと思える人物は見付けましたが、未だそうだと決まった訳じゃありません」

半兵衛は笑った。

「その者は何処で何をしている……」

忠太夫は、半兵衛に厳しい眼を向けた。

「さあて、そいつは未だ申せませんな」

「何……」

「その者が松本兵衛さんだと見定めぬ限りは、教えられませぬ」

「構わぬ。儂が顔を見れば、直《す》ぐに分かる事だ。その者は何処にいる」

忠太夫は、半兵衛に詰め寄った。

「松本さま、その者が間違いなく松本兵衛さんだと見定めた時は、直ぐに御報せ致します」

半兵衛は、忠太夫を見据えて告げた。

「これ……」

忠太夫は、背後に控えている家来を促した。

「はっ……」

家来は返事をし、僅かに進み出て半兵衛に薄い紙包みを差し出した。

「御隠居さまからです」

家来は、半兵衛に笑い掛けた。

「ほう……」

半兵衛は、紙包みを手に取って開いた。

一枚の小判が入っていた。

半兵衛は苦笑した。

「これはこれは。だが、私は北町奉行所臨時廻り同心として上役の指図で動いているだけ、御寄進《ごきしん》ならば北町奉行所にお渡し下さい」

半兵衛は、一両小判を包み直して家来に押し返した。

「白縫……」

忠太夫は、戸惑いに嗄《しやが》れ声を震わせた。

「御隠居さま、私に知らん顔をさせたいのなら、百両、いや二百両、せめてそのぐらいは戴きたいものですな」

半兵衛は嘲笑《ちょうしょう》した。

「白縫……」

忠太夫は狼狽《うろた》えた。

「わざわざお出で戴いたのに御役に立てず申し訳ありませんな。半次、お客さまのお帰りだ……」

半兵衛は、冷ややかに告げた。

松本忠太夫は怒りを滲《にじ》ませ、家来を従えて帰って行った。

半兵衛と半次は見送った。

「威張《いば》り腐った隠居ですね」

半次は、腹立たしげに見送った。

「ああ……」

半兵衛は苦笑した。

「あの辺りが、兵衛さんが松本屋敷を出た理由ですかね」

半次は読んだ。

「それもあるかもしれないな……」

半兵衛は頷いた。

「只今《ただいま》戻りました」

音次郎が帰って来た。

「おう。遅かったな」

半次は迎えた。

「御苦労さん。腹減っただろう」

「はい。そりゃあもう……」

「よし。雑炊でも食べながら分かった事を聞かせて貰おうか……」

半兵衛は笑った。


「そうか。松本忠太夫、昨夜、半兵衛の組屋敷に迄行ったのか……」

大久保忠左衛門は眉をひそめた。

「はい。松本兵衛らしき者が何処にいるのか教えろと……」

半兵衛は苦笑した。

「で、教えたのか……」

「いいえ。未だ見定めちゃあいませんのでね」

「ならば、忠太夫、金を出さなかったか……」

「出しましたよ、一両……」

「そうか。して……」

忠左衛門は、話の先を促した。

「私に知らん顔をさせたいのなら百両、二百両は戴きたいと申し上げましてね、帰って戴きましたよ」

「そうか、半兵衛。善《よ》くぞ申した」

忠左衛門は、筋張った首を伸ばして満足げに頷いた。

「大久保さま。松本家は兵衛を捜し出して如何致すつもりなのですかね」

半兵衛は眉をひそめた。

「うむ。それなのだが半兵衛、ひょっとしたら、此奴は兵衛を捜し出さぬ方が良いのかもしれぬな」

忠左衛門は、厳しい面持ちで告げた。

「はい……」

半兵衛は頷いた。

月番《つきばん》の北町奉行所には多くの人が出入りしていた。

半兵衛は、北町奉行所を出て根津権現に向かった。

半次と音次郎は、北町奉行所に寄らずに根津権現に先行していた。

半兵衛は、外濠《そとぼり》沿いを神田八ツ小路に向かった。

何者かが尾行《つ》て来る……。

半兵衛は、北町奉行所から尾行て来る者がいるのに気が付いた。

何者だ……。

半兵衛は、神田八ツ小路を抜けて神田川に架かっている昌平橋を足早に渡り、袂《たもと》で立ち止まって振り返った。

足早に来た羽織袴の武士と浪人が、慌てて行き交う人たちの中に散った。

羽織袴の武士は、昨夜半兵衛の組屋敷を訪れた松本忠太夫の家来だった。

忠太夫に命じられ、半兵衛を尾行て松本兵衛らしき者の居場所を突き止めようとしているのだ。

半兵衛は読んだ。

家来と浪人を根津権現に連れて行く訳にはいかない。

さあて、どうする……。

半兵衛は、明神下の通りを不忍池に向かった。

家来と浪人は、行き交う人の中で再び集まり、半兵衛を追った。


不忍池では水鳥が遊び、水飛沫《みずしぶき》が煌めいていた。

半兵衛は、不忍池の畔《ほとり》を進んだ。

家来と浪人は尾行た。

よし……。

半兵衛は、不意に立ち止まって振り返った。

家来と浪人は、隠れる暇や場所もなく狼狽えた。

「やあ。おぬし、旗本松本家の家中の方じゃありませんか……」

半兵衛は笑い掛けた。

「は、はい。松本家家来の桑原秀次郎《くわばらしゅうじろう》です」

家来は狼狽え、慌てて名乗った。

「そうか、桑原どのか、今日はどちらに……」

「はあ。御隠居さまの使いで、ちょいと……」

「それはそれは、ではな……」

半兵衛は、桑原に会釈をして擦れ違い、来た道を戻り始めた。

桑原と浪人は、踵《きびす》を返して半兵衛を追う訳には行かず、見送るしかなかった。

半兵衛は、振り返っては桑原と浪人に笑い掛け、不忍池の畔を進んだ。

桑原と浪人は佇み、悔しげに半兵衛を見詰めていた。

根津権現参道に連なる露店には、参拝客がちらほら立ち寄っていた。

半次は、石灯籠の陰から見張っていた。

「どうだい……」

半兵衛が、半次の許にやって来た。

「旦那、野菜売りの隣……」

半次は、野菜売りの百姓友造の隣の行商人を示した。

そこには、袖無し羽織を着た男が菅笠《すげがさ》を被《かぶ》り、傍《かたわ》らに白扇を積み、様々な色の絵具と絵筆を並べていた。そして、『白扇にお好みの絵を描きます』の立て札があった。

「扇子売りの平十か……」

半兵衛は見定めた。

「はい。今朝来たら店を出していました」

半次は、扇子売りの平十を見詰めて頷いた。

「そうか。して、音次郎は……」

「千駄木の植木屋植甚の様子を見に……」

「そうか……」

「で、どうします」

「扇子売りの平十が松本兵衛かだな……」

「ええ。どうやって見定めるか……」

半次は眉をひそめた。

「よし……」

半兵衛は、巻羽織を脱いで扇子売りの平十の許に向かった。

「やあ……」

半兵衛は、扇子売りの平十の前にしゃがみ込んだ。

「いらっしゃいませ……」

扇子売りの平十が迎えた。

「白扇に注文した絵柄を描いてくれるそうだね……」

半兵衛は笑い掛けた。

「はい……」

平十は微笑んだ。

穏やかで親しげな微笑みだった。

「ならば、一つ描いて貰おうか……」

「はい。して、絵柄は何を……」

平十は、半兵衛に笑い掛けた。

「ならば、猫を……」

半兵衛は告げた。

「猫……」

平十は訊き返した。

「うん。三毛猫だ。白扇に三毛猫を描いて貰いたい……」

半兵衛は、松本兵衛が描いた絵を思い出して注文した。

「ほう。三毛猫ですか……」

「うん。どうかな。描いて貰えるかな……」

「勿論です。三毛猫は私も好きな画材でしてね。今迄、何度か描いた事があります」

「そいつは楽しみだ」

「じゃあ、四半刻（三十分）程、待って下さい」

「うん。じゃあ、ちょいと権現さまに御参りをして来るよ」

半兵衛は、平十に笑い掛けて根津権現の境内に向かった。

四

半兵衛は、根津権現の境内を見廻した。

行き交う参拝客の中には、松本家の家来桑原秀次郎と浪人はいなかった。

半兵衛は見定め、平十を見張っている半次の許に迂回して戻った。

「どんな絵を注文したんですか……」

半次は、白扇に絵を描いている平十を見詰めながら尋ねた。

「三毛猫だよ」

半兵衛は、鋭い眼差しで辺りを窺った。

「どうかしたんですか……」

「うん。此処に来る時、昨夜、組屋敷に来た松本家の家来と浪人が尾行て来てな」

「松本家の家来が……」

半次は眉をひそめた。

「ああ。途中で撒《ま》いたが、松本家は一刻も早く兵衛を見付けようとしている……」

「一刻も早く見付けてどうするんですかね」

「うん。そいつが気になる……」

「分かりました……」

半次は、厳しい面持ちで辺りを見廻した。

四半刻が過ぎた。

扇子売りの平十は、白扇に絵を描いていた。

よし……。

「さあて、どんな三毛猫が描き上がったかな。行って来るよ」

半兵衛は、半次を残して境内を迂回して扇子売りの平十の許に向かった。

「出来たかな……」

半兵衛は、扇子売りの平十の前にしゃがみ込んだ。

「はい。出来ておりますよ」

平十は微笑み、一本の扇子を差し出した。

半兵衛は、扇子を受け取った。

「見せて貰うよ……」

半兵衛は、白扇を静かに開いた。

扇子には、三毛猫が淡く柔らかな筆遣いで生きているかのように描かれていた。

上手い……。

半兵衛は感心した。

「如何ですか……」

平十は、半兵衛を見詰めた。

「うん。見事な……」

半兵衛は笑った。

「気に入って貰えましたか……」

平十は、安堵《あんど》を浮かべた。

「勿論だ。三毛猫の仕草や愛らしさ、まるで生きているようだ。見事な絵だ……」

半兵衛は、平十の描いた三毛猫の絵に見惚《みと》れた。

「過分なお言葉、身に余ります」

平十は恐縮した。

「いや。とにかく見事な三毛猫だ……」

半兵衛は微笑んだ。

「此の絵、三毛猫は……」

半次は、扇子に描かれた三毛猫の絵に眼を瞠った。

「ああ。松本兵衛の描いた絵と同じだよ」

半兵衛は頷いた。

「じゃあ、やっぱり扇子売りの平十さんは……」

半次は、連なる露店の中に座っている扇子売りの平十を見詰めた。

「ああ。間違いなく松本兵衛だ」

半兵衛は見定めた。

夕暮れ時。

根津権現の参拝客は帰り、行商人たちは店を片付け始めた。

扇子売りの平十は、仕事の僅かな道具を片付けて筵を巻いた。そして、野菜売りの友造や七味唐辛子売りの千吉たち行商仲間に挨拶をして参道を出た。

「じゃあ旦那、あっしが先に……」

半次は告げた。

「うん。行き先は音次郎が見張っている千駄木の植木屋植甚だろう。無理をせずにな」

「承知……」

半次は、平十を追った。

半兵衛は続いた。

千駄木の田畑は夕暮れに染まっていた。

扇子売りの平十は、道具と筵を抱えて根津権現の裏手から千駄木に進んだ。

半次は、慎重に尾行た。

半兵衛は続いた。

平十は、千駄木の田畑の間の田舎道に進んだ。そして、小川に架かる小橋を渡り、植木屋『植甚』に入って行った。

半次は見届けた。

半兵衛の睨みの通りだ……。

半次は、続いて来る半兵衛を待った。


音次郎は、植木屋『植甚』の裏手の垣根の隙間から家作を見張っていた。

家作では、夕暮れ前におさよが洗濯物を取り込み、その後に味噌汁《みそしる》と魚を焼く香りが漂って来た。

音次郎は、見張り続けた。

扇子売りの平十が、道具箱と巻いた筵を持って植木屋『植甚』の広い庭をやって来た。

扇子売りの平十……。

音次郎は見守った。

平十は、家作の腰高障子を開けた。

「今、戻った……」

平十は、家作の中に声を掛けた。

「あっ。お帰りなさい」

おさよの弾んだ声が迎えた。

平十は、薄暗くなった外を見廻して腰高障子を閉めた。

音次郎は見届けた。

「音次郎……」

半次と半兵衛がやって来た。

「親分、旦那……」

音次郎は迎えた。

「扇子売りの平十さんが来たな……」

半次は訊いた。

「ええ。おさよちゃんの家に入りましたよ」

音次郎は頷いた。

「そうか。音次郎、此奴を見てみろ……」

半兵衛は、扇子に描かれた三毛猫の絵を見せた。

「こりゃあ、松本兵衛さんの描いた三毛猫の絵ですね」

音次郎は、平十の描いた三毛猫の絵を松本兵衛の作だと見た。

「いや。こいつは扇子売りの平十さんの描いた三毛猫だよ」

「じゃあ……」

音次郎は、家作を見詰めた。

「ああ。どうやら松本兵衛を見付けたようだ」

半兵衛は、笑みを浮かべた。

おさよと平十の楽しげな笑い声が、家作から洩れて来た。


「そうか。松本兵衛、見付けたか……」

大久保忠左衛門は、筋張った細い首を伸ばした。

「はい。千駄木におりました」

半兵衛は告げた。

「ほう。千駄木にな……」

「ええ……」

「して、松本家が捜している事は……」

「未だ。大久保さま、私の見た処、兵衛は松本家に戻るより、今の処にいた方が良いかと思われます」

半兵衛は、忠左衛門を見据えて告げた。

「ならば、半兵衛。松本兵衛、見付けられなかったとするのか……」

忠左衛門は眉をひそめた。

「ま。私はそれでも構いませんが、先ずは兵衛自身の腹の内です。明日にでも逢って話してみますよ」

半兵衛は、小さな笑みを浮かべた。

扇子売りの平十は、根津権現参道の連なる露店の中にいた。

半兵衛は、巻羽織姿で平十の前に佇んだ。

「いらっしゃいませ……」

平十は、半兵衛を見上げた。

「やあ……」

半兵衛は笑い掛けた。

「これはこれは、御役人でしたか……」

平十は、半兵衛が三毛猫を描いてくれと頼んだ昨日の客だと気が付き、苦笑した。

「うん。私は北町奉行所の白縫半兵衛、松本兵衛さんですな」

半兵衛は、何気なく尋ねた。

「如何《いか》にも……」

平十は、半兵衛を見据えて頷いた。

「ちょいと話があるのだが、付き合って戴けるかな」

半兵衛は頼んだ。

「良いでしょう」

平十は頷いた。

半兵衛は、扇子売りの平十を根津権現境内の隅に誘った。

平十は従った。

「一つお断わりしておきますが、私は或る伝手を通して松本家から頼まれ、松本兵衛さんを捜し始めましてね。町奉行所の役目とも拘《かか》わりなく、見付からなくても構わないのです」

半兵衛は笑った。

「成る程……」

平十は頷いた。

「ですが、一つだけ教えて貰いたい事がありましてね」

「そいつは何ですかな……」

「何故に松本家を出て扇子売りの平十になったかです」

「そいつは簡単です。松本家の婿養子として私の役目が終わったから、村上家の部屋住みに戻った迄です」

平十は苦笑した。

「松本家の婿養子との役目とは何ですか……」

半兵衛は尋ねた。

「秘かに子を生んだ娘の琴乃の婿となり、生まれて来た男の子を元服させる……」

平十は告げた。

「ならば、元服した松本家の嫡男とは……」

半兵衛は眉をひそめた。

「私の子ではない……」

「そうでしたか。して、その嫡男を元服させて役目を終え、松本家を出ましたか……」

「左様。実家の村上家が金を必要としていた為、支度金目当てに婿養子になり、役目を終えて村上家の部屋住み兵衛としてなりたかった絵師になった迄……」

「ならば、植木屋植甚の家作にいるおさよとその母親は……」

「妻と娘です……」

「やはり……」

半兵衛は頷いた。

「白縫さん、妻は長患いで寝たきりでしてな。出来るものなら、此のままそっとしておいて欲しい……」

「私もそれが良いと思います。ですが……」

半兵衛は、言葉を濁《にご》した。

「何ですか……」

「松本家の隠居の忠太夫がおぬしを捜し、一刻も早く居所を知ろうとしている。家来の桑原秀次郎や浪人を使ってね」

半兵衛は告げた。

「私から松本家の嫡男の実の父親が女誑《おんなたら》しの役者だと洩れるのを恐れ、口を封じようとしているのでしょう」

平十は、冷やややかな笑みを浮かべた。

「そう云う事ですか……」

「ええ……」

「ならば、どうします」

半兵衛は笑い掛けた。

「えっ……」

平十は、怪訝な面持ちで半兵衛を見詰めた。

「此のままでは、松本忠太夫はおぬしの命を狙い続ける。決着をつけるならお手伝いしますよ」

半兵衛は、不敵に云い放った。

「白縫さん……」

「扇子売りの平十さんには、もっと絵を描いて貰いたくてね」
半兵衛は微笑んだ。
大久保忠左衛門は、松本忠太夫に兵衛が見付かったと、その居所を書状で報せた。
松本忠太夫は、家来の桑原秀次郎に何事かを命じた。
家来の桑原秀次郎は、浜町の松本屋敷から慌ただしく出て行った。
忠太夫は、狡猾《こうかつ》で陰険な眼で見送った。
不忍池に風が吹き抜け、水面には小波《さざなみ》が走っていた。
松本兵衛は、不忍池の畔の茶店の縁台に腰掛けて茶を啜っていた。
三人の浪人がやって来た。
来たか……。
兵衛は、やって来る三人の浪人の背後を窺った。
松本家の家来の桑原秀次郎が、雑木林に入って行くのが見えた。
雑木林に隠れて見届けるか……。

兵衛は苦笑した。

三人の浪人は、縁台に腰掛けている兵衛を取り囲むように立ち止まった。

兵衛は、刀を腰に差しながら立ち上がった。

「私に用か……」

「うむ……」

浪人の一人は、笑みを浮かべて兵衛に抜き打ちの一刀を放った。

兵衛は、跳《と》び退《の》いて身構えた。

残る二人の浪人が、兵衛に斬り掛かった。

兵衛は、刀を抜いて斬り払い、三人の浪人と対峙《たいじ》した。

「桑原秀次郎に頼まれたか……」

兵衛は苦笑した。

「黙れ……」

三人の浪人は、兵衛に斬り掛かった。

兵衛は、鋭く斬り結んだ。

だが、三対一だ。兵衛は斬り立てられ、茶店に後退した。

三人の浪人は、嵩《かさ》に掛かって兵衛に迫った。

刹那《せつな》、半兵衛が茶店の中から現れた。

三人の浪人は眉をひそめた。

「物盗りか辻斬《つじぎ》り、それとも闇討《やみう》ちか……」

半兵衛は、嘲《あざけ》りを浮かべた。

「邪魔するな……」

三人の浪人は、半兵衛に斬り掛かった。

半兵衛は、僅かに腰を沈めて抜き打ちに刀を閃《ひらめ》かせた。

浪人の一人が刀を弾き飛ばされ、太股《ふともも》を斬られて倒れた。

残る二人の浪人は怯《ひる》んだ。

半兵衛の刀は閃光となって瞬《またた》いた。

二人の浪人は、腕や脚を斬られて刀を落として蹲《うずくま》った。

半次と音次郎が現れ、三人の浪人に次々と縄を打った。

「知らん顔の旦那……」

岡っ引柳橋《やなぎばし》の弥平次《やへいじ》配下の雲海坊《うんかいぼう》と由松《よしまつ》が、桑原秀次郎に縄を打って雑木林から出て来た。

「やあ、雲海坊、由松、造作を掛けたね」

半兵衛は労《ねぎら》った。

「いいえ。どうって事はありませんぜ」

雲海坊は笑った。

「拙者《せっしゃ》は旗本家の者だ。町奉行所に捕らえられる謂《いわ》れはない」

桑原は、嗄れ声を引き攣らせた。

「ほう、ならば、何処の旗本か教えて貰おうか……」

半兵衛は苦笑した。

「そ、それは……」

桑原は、悔しげに俯《うつむ》いた。

「よし、大番屋に引き立てろ……」

半兵衛は命じた。


桑原秀次郎は、半兵衛の厳しい詮議《せんぎ》に何もかも吐いた。

隠居の松本忠太夫に命じられ、浪人を雇って兵衛を闇討ちしようとした事を……。

半兵衛は、事の次第を大久保忠左衛門に報せた。

忠左衛門は、松本忠太夫を訪れた。そして、事の真相を目付や評定所《ひょうじょうしょ》に知られたくなければ、兵衛から一切の手を引く事を誓約しろと迫った。

松本家家督相続者の秘密は、既に半兵衛や忠左衛門の知る処であり、兵衛一人の口を封じても意味はないのだ。

松本忠太夫は項垂《うなだ》れ、兵衛に詫状《わびじょう》を認《したた》めて一切の手を引く事を誓約した。

忠左衛門は、桑原秀次郎を放免し、三人の浪人を江戸十里四方払《しほうばらい》に処した。

「旦那、良いんですか、松本家にお咎《とが》めなしで……」

音次郎は眉をひそめた。

「音次郎、窮鼠猫《きゅうそねこ》を嚙《か》むって事もある。追い詰めなければ馬鹿な真似はすまい」

「で、後は知らん顔ですか……」

音次郎は読んだ。

「ああ。世の中にはその方が良い事もあるさ」

半兵衛は笑った。

半兵衛は、見廻りの途中に根津権現に立ち寄った。

扇子売りの平十は、参道に店を出して白扇に客の注文する絵を描いていた。

三毛猫は居眠りをしていた……。

第三話　秘伝薬

一

大川《おおかわ》に霧雨《きりさめ》は舞った。

地味な形《なり》の年増《としま》は傘《かさ》も差さず、霧雨に濡れて駒形町《こまがたちょう》の自身番にやって来た。

「あの……」

年増は、遠慮がちに自身番の腰高障子に声を掛けた。

「何ですかい……」

番人の藤助《とうすけ》が腰高障子を開けた。

狭い自身番の中には、番人の藤助の他に家主と店番がいた。

「あの、私、亭主を殺して来ました……」

年増の手には、出刃包丁《でばぼうちょう》が握られていた。

「えっ……」

藤助は驚き、出刃包丁を見詰めた。

出刃包丁の刃は霧雨に濡れ、握られた柄《え》には赤い血が染みていた。

「亭主を殺しました……」

地味な形の年増は告げた。

霧雨は降り続けた。


浅草駒形町は蔵前《くらまえ》の通りと大川の間にあり、浅草広小路の近くにあった。

駒形町の自身番の番人藤助と木戸番の庄吉《しょうきち》は、駒形堂裏の路地奥にある大工の清七《せいしち》の家に近付いた。

そして、恐る恐る腰高障子を開けた。

戸口の三和土《たたき》には、血が滴《したた》り落ちていた。

藤助と庄吉は、思わず身を退いた。

「せ、清七さん……」

「いるかい、清七さん……」

藤助と庄吉は、家の中に震える声を掛けた。

返事はなかった。

藤助と庄吉は、血の滴り落ちている三和土から居間に進んだ。

居間には血が飛び散り、一升徳利《いっしょうどっくり》と湯呑茶碗《ゆのみぢゃわん》が転がっていた。

藤助と庄吉は、恐る恐る居間を見廻した。

殺された大工の清七の死体はなかった。

藤助と庄吉は、怪訝《けげん》に顔を見合わせて居間から次の間に進んだ。だが、次の間にも大工の清七の死体はなかった。

藤助と庄吉は、戸惑いを浮かべた。


霧雨は止んだ。

北町奉行所臨時廻り同心白縫半兵衛は、浅草駒形町の木戸番庄吉に誘《いざな》われ、半次や音次郎と駒形町の大工清七の家にやって来た。

自身番の番人の藤助は、半兵衛、半次、音次郎を出迎えた。

半兵衛は、藤助と庄吉を表に待たせ、半次や音次郎と大工清七の家に入った。

居間には血が飛び散り、一升徳利と湯呑茶碗が転がっていた。

半兵衛は、血を指先に取って臭いを嗅《か》いだ。

「どうですか……」

半次と音次郎がやって来た。

「人の血に違いないね」

「そうですか。酒を飲んでいた処《ところ》を刺しましたか……」

半次は読んだ。

「そんな処かな。して、仏さんは……」

「そいつが、みんなの云《い》う通り、家の何処《どこ》にもいませんね」

半次は報《しら》せた。

「じゃあ、大工の清七、おかみさんのおすみに刺されたが死なず、医者にでも行ったのかな……」

半兵衛は読んだ。

「近くの医者を当たってみます」

音次郎は告げた。

「うん。頼む……」

「はい……」

音次郎は、清七の家から駆け出して行った。

「もし、医者に行っていたら、刺した女房のおすみは人殺しじゃあなくなりますね」

半次は眉をひそめた。

「うん。怪我をさせただけなのに、殺したと思い込んだか……」

「ええ……」

半次は頷《うなず》いた。

「よし。おすみに仔細《しさい》を訊いてみるか……」

「じゃあ、あっしは近所の者に清七が出掛けるのを見なかったか、それとなく聞き込んでみます」

半次は告げた。

「うん……」

半兵衛は、駒形町の自身番にいるおすみの許に急いだ。

自身番には、家主、店番、番人の詰めている三畳間と奥に三畳程の広さの板の間がある。

おすみは、奥の板の間で俯《うつむ》き加減で座っていた。

半兵衛は、板の間に入った。

おすみは、巻羽織の半兵衛を見上げて微《かす》かな安堵《あんど》を滲《にじ》ませ、頭を下げた。

「やあ。大工清七の女房のおすみだね」

半兵衛は、おすみに笑い掛けた。

「は、はい。すみにございます」

おすみは頷いた。

「私は北町奉行所の白縫半兵衛……」

「白縫さま……」

「うん。おすみ、お前さん、亭主の清七を刺し殺したそうだね」

半兵衛は、おすみを見据えた。

「はい。包丁で刺しました」

おすみには、既に昂《たか》ぶりも憎しみもなく淡々としていた。

「どうして、刺したんだい……」

半兵衛は、亭主の清七を刺した理由を尋ねた。

「清七が約束を破り、私を裏切ったからです」

おすみは、取り乱した様子もなく告げた。

「約束を破り、裏切った……」

半兵衛は眉をひそめた。

「はい。だから刺しました。包丁で刺して殺しました。白縫さま、私が亭主の清七を殺したんです」

おすみは、怯《ひる》む様子もなく半兵衛を見詰めた。

「どんな約束を破り、何を裏切ったのかな……」

半兵衛は、質問を重ねた。

「それは申せません……」

おすみは俯いた。

「云えない……」

「はい……」

「どんな約束を破り、何を裏切ったのか、云えないかい……」

「はい。申し訳ありません」

「そうか……」

「白縫さま、私が清七を刺し、殺したのに間違いはありません。どうか御仕置《おしおき》を……」

おすみは、半兵衛に頭を下げた。

「ならば、おすみ。お前、亭主の清七を何処で刺したんだい……」

半兵衛は訊いた。

「家の居間で……」

「清七、その時、何をしていたのかな……」

「雨で普請場《ふしんば》の仕事が休みになり、家でお酒を飲んでいました……」

半兵衛は、居間に転がっていた一升徳利と湯呑茶碗を思い浮かべた。

「酒を飲んでいた処を刺したか……」

「はい。背中から……」

「で、どうした……」

「俯せに倒れて死んだので、包丁を持って自身番に自訴《じそ》しました」

おすみは淡々と告げた。

「その時、清七は居間に倒れたままだったのだな」

半兵衛は念を押した。

「はい……」

おすみは頷いた。

「間違いないね」

半兵衛は眉をひそめた。

「白縫さま、何か……」

おすみは、微かな戸惑いを浮かべた。

「実はね、おすみ。お前が居間で刺し殺した筈《はず》の亭主の清七の死体、家の何処にもないんだな」

半兵衛は、おすみを見据えた。

「えっ……」

おすみは戸惑った。

「清七の死体はないんだよ」

半兵衛は云い聞かせた。

「ないって、白縫さま……」

おすみは狼狽《うろた》えた。

「家の中を隅々迄《すみずみまで》探したんだがね。何処にもないんだよ」

「そんな……」

おすみは取り乱し、呆然《ぼうぜん》とした。

芝居ではない……。

半兵衛は、おすみが亭主清七を包丁で刺したのも、その死体がないのを知らなかったのも事実だと睨《にら》んだ。

「旦那……」

半次と音次郎は、駒形町の自身番にやって来た。

「やあ、御苦労さん。どうだった……」

半兵衛は、狭い自身番を出た。

「そいつが、近所の者たちにそれとなく聞き込んだんですが、清七が出掛けるのを見掛けた者はおりませんでしたぜ」

「そうか……」

「ええ。霧雨が降り続いていましたから、外に出ていた者も少なくて……」

半次は眉をひそめた。

「それから、近くの医者を軒並み当たってみたのですが、清七は何処の医者にも現れちゃあいませんでした」

音次郎は首を捻《ひね》った。

「近所の医者にも行っちゃあいないか……」

半兵衛は知った。

「はい。清七、誰かに連れ出されたのかもしれないので、明日はもう少し先のお医者も当たってみます」

音次郎は告げた。

「うん。頼んだよ」

半兵衛は頷いた。

「で、旦那、おすみは……」

半次は尋ねた。

「そいつなんだがね。おすみ、亭主の清七を刺した理由は云わないのだが、刺したのは間違いあるまい。で、おすみ、清七の死体がないのを知り、激しく狼狽えていたよ」

半兵衛は教えた。

「そうですか……」

「で、どうするんですか……」

音次郎は、半兵衛の出方を窺《うかが》った。

「ま、おすみが殺したと云っている限り、下手に放免は出来ない。大番屋の仮牢に入れて清七を捜すしかあるまい。たとえ死んでいようが生きていようがね……」

半兵衛は決めた。

西の空の雲間に夕陽が輝いた。

半兵衛は、おすみを大番屋の仮牢に入れた。

そして、大工清七とおすみの夫婦仲を調べる事にした。

清七は、神田佐久間町《さくまちよう》の大工『大松《だいまつ》』で修業をした大工であり、今は腕の良さと経験を買われて棟梁松五郎《とうりようまつごろう》の名代《みようだい》を務める迄になっていた。

「そして、五年前ですか、日本橋《にほんばし》は室町《むろまち》の呉服屋丸乃屋《まるのや》の御隠居が向島《むこうじま》に隠居所を新築しましてね。あっしに代わって清七が棟梁を務めたんですが、その時、御隠居の御世話をしていた女中がおすみでしてね。二人はお互いに一目惚《ひとめぼ》れして恋仲になり、所帯《しよたい》を持ったって訳でしてね。仲の良い夫婦だったのに……」

大工『大松』の棟梁松五郎は、老いた顔を哀しげに歪《ゆが》めた。

「そうか。して、棟梁、おすみは清七が約束を破り、自分を裏切ったから殺したと云っているのだが、何か心当たりはないかな」

半兵衛は尋ねた。

「約束を破り、裏切った……」

松五郎は、白髪眉をひそめた。

「ああ。何か心当たりがあるかな……」

半兵衛は頷いた。

「さあ、心当たりと云われても……」

松五郎は首を捻った。

「そうか、ないか。ま、夫婦の間は、他人様《ひとさま》の窺い知れぬ事だからね」

「ええ……」

「じゃあ、清七に何か変わったような事はなかったかな……」

「そうですねえ。ま、強《し》いて云えば、清七の奴、去年辺りから何処か身体の具合が悪いようだったけど……」

「清七、去年辺りから身体の具合が悪いようだった……」

半兵衛は眉をひそめた。

「ええ。腹の具合が悪いとか云って、ちょいと痩《や》せましてね」

「そうか、身体の具合がね。病だったのかな」

「さあ、酒も昔より飲むようになって、病だとは聞いちゃあいませんでしたけど……」

松五郎は、冷えた茶を啜《すす》った。

「そうか。ならば棟梁、清七と仲の良かった朋輩《ほうばい》がいたら教えてくれないかな……」

半兵衛は頼んだ。

昨日の昼下がり、怪我をした男を見掛けなかったか……。

半次は、駒形堂一帯に聞き込みを掛けた。

「昨日の昼下がりと云えば、未だ霧雨が降っていましたよね」

「ええ……」

「だったら、未だ家にいたから、怪我をした人は知らないな……」

「そうかい……」

霧雨は人々を家に足止めし、清七らしき怪我人を見掛けた者はいなかった。

半次は、粘り強く見掛けた者を捜した。

大川沿いの諏訪町《すわちょう》と材木町《ざいもくちょう》、蔵前の通りを渡った三間町《さんげんちょう》から猿屋町代地《さるやちょうだいち》……。

音次郎は、駒形町以外の町の医者に範囲を広げて清七を捜した。だが、清七は何処の医者も訪れてはいなかった。

刺したおすみが殺したと思い、居間に飛び散っていた血から見ても、傷は医者の手当てを受けない限り、命を取り留められるとは思えない。

清七が生きているならば、必ず医者の処に行っている筈なのだ。

音次郎は、町医者を訪ね歩いた。

普請場では、大工や左官職人などが忙しく働いていた。

半兵衛は、大工『大松』の棟梁松五郎に教えて貰った普請場を訪れ、左官職の常吉《つねきち》を呼び出した。

「あっしが左官職の常吉ですが……」

常吉は、怪訝な面持《おもも》ちで半兵衛に挨拶《あいさつ》をした。

「やあ。忙《いそが》しい処をすまないね。私は北町奉行所の白縫半兵衛って者だが、大工の清七についてちょいと訊きたくてね」

「清七、どうかしたんですか……」

常吉は眉をひそめた。

「う、うん。それで、清七と女房のおすみだが、夫婦仲はどうだったかな……」

半兵衛は、言葉を濁《にご》して夫婦仲を尋ねた。

「清七とおすみさんの夫婦仲ですか……」

「うむ……」

「そりゃあもう、相惚《あいぼ》れで一緒になった夫婦ですから、誰が見ても仲は良かったですよ」

常吉は、小さな笑みを浮かべた。

「そうか。じゃあ、二人の間で約束を破ったり、裏切ったりしたって事はなかったかな」

「さあ、聞いちゃあいませんが……」

「ならば、清七とおすみ、揉《も》めるなんて事はなかったか……」

「はい。なかったと思いますが。ま、強いて云うなら、子が出来ないのが清七とおすみさん夫婦の揉め事と云うか心配事と云うか……」

「そうか。子が出来ないか……」

半兵衛は眉をひそめた。

おすみが清七を包丁で刺したのは、身籠《みごも》らない事を責められて逆上しての事なのかもしれない。

半兵衛は読んだ。

「旦那……」

常吉は、半兵衛に心配そうな眼を向けた。

「うん。常吉、何《い》れ《ず》は分かる事だから教えるが、昨日、おすみが清七を刺し殺したと云って自訴してね」

「おすみさんが清七を……」

常吉は驚いた。

「うむ。だが、清七の死体は、何処にもないんだよ」

「えっ……」

常吉は困惑した。

「親しいお前の処に、清七から何か繋《つな》ぎはなかったかな」

半兵衛は、清七が生きている場合を考えた。

「ありません。何もありませんが。旦那、おすみさんが清七を刺し殺したなんて、何かの間違いじゃありませんか……」

常吉は混乱し、狼狽えた。

嘘はない……。

半兵衛は、常吉の反応に嘘偽《いつわ》りはないと見定めた。

「私もそう思うが、おすみは殺したと云い張っていてね。そうか、常吉は何も知らないか……」

「はい……」

「よし。ならば此《こ》の事は未だ内緒だよ」

半兵衛は、厳しく口止めをした。


大工『大松』の棟梁松五郎や親しい左官職人の常吉に訊いても、おすみが清七を刺し殺す理由は浮かばなかった。

そして、刺された清七が出歩いている姿を見た者は現れず、傷の治療をした医者は見付からなかった。

何よりも、清七の死体がなく、消えたままなのだ。

「さあて、どうしますかね……」

半次は、半兵衛の出方を窺った。

「うん。清七の死体がない限り、おすみを清七殺しの罪で大番屋に繋いで置く訳にはいかないな……」

半兵衛は苦笑した。

大番屋の詮議場《せんぎじょう》は冷たさに満ちていた。

おすみは、半次と音次郎によって座敷にいる半兵衛の前の筵《むしろ》に引き据えられた。

おすみは、緊張した面持ちで半兵衛を見上げた。

「おすみ、何処を探しても清七の死体、見付からなくてね」

「見付からない……」

おすみは、戸惑いを浮かべた。

「うん。界隈《かいわい》の何処の医者にも現れていなくてね。お前が刺し殺したって証《あかし》は、何もないんだな」

半兵衛は苦笑した。

「そんな。白縫さま、私は亭主の清七を刺しました。刺して殺したのです。本当です。信じて下さい」

おすみは訴えた。

「だが、殺した筈の亭主の清七の死体がない限り、お前を清七殺しにするのは無理だ」

「じゃあ、じゃあ私は……」

おすみは、半兵衛を見詰めた。

「取り敢えずは、放免だよ」

「放免……」

おすみは呆然とした。

「うん。放免だ」

半兵衛は笑った。

二

蔵前の通りは浅草広小路と神田川に架かっている浅草御門を繋いでおり、多くの人が行き交っていた。

おすみは、浅草の大番屋を出て蔵前の通りを駒形町に向かった。

半次と音次郎は尾行《つけ》た。

おすみは、俯き加減に通りの隅を歩いていた。その足取りは重く、疲れているようだった。

「駒形町の家に帰るんですかね」

「ああ。おすみの実家は葛飾《かつしか》だが、二親《ふたおや》はとっくに亡くなり、家は兄貴が継いでいるそうだ。戻る気にはならないだろうな」

半次は睨んだ。

「でしょうね……」

音次郎は、半次の睨みに頷いた。

「ま、放免されたおすみがどう動くか、半兵衛の旦那はそいつを見定めようとしているんだよ」

半次は読んだ。

「はい……」

音次郎は頷き、先を行くおすみの後ろ姿を見詰めた。

おすみの後ろ姿は、か弱く哀しげに見えた。

大川には様々な船が行き交っていた。

おすみは、駒形町の家に戻った。

半次と音次郎は、見張りに就《つ》いた。

おすみは、井戸から水を汲《く》んで家の掃除を始めた。

居間に飛び散った血を拭《ふ》いているのか……。

半次と音次郎は見守った。


「して、半兵衛。大工清七の死体は、何処にもないのか……」

北町奉行所吟味方与力の大久保忠左衛門は、筋張った細い首を伸ばした。

「はい。辛《かろ》うじて命を取り留め、医者に行ったかと思い、清七の足取りや訪れた医者を捜したのですが、何処にも……」

半兵衛は眉をひそめた。

「そうか。死体が消えたか……」

忠左衛門は、筋張った細い首で頷いた。

「ええ。ま、死体がない限り、如何《いか》に女房のおすみが刺し殺したと云い張っても証がありませんので、放免と……」

「うむ。仕方がないな」

「はい……」

「で、おすみがどう動くかだな……」

忠左衛門は、半兵衛がおすみを放免した狙いを読んだ。

「ええ……」

半兵衛は頷いた。

「果たして女房のおすみは、本当に亭主の清七を殺したのか。そして、亭主の清七はどうしたのか、か……」

忠左衛門は白髪眉《しらがまゆ》をひそめた。

「ま。その辺ですか……」

半兵衛は苦笑した。

半次と音次郎は、大工清七とおすみの家を見張った。

おすみは、掃除を終えて家に閉じ籠もった。

縞《しま》の半纏《はんてん》を着た男と浪人が現れ、清七の家を眺めた。

「親分……」

音次郎は眉をひそめた。

「ああ。何処の誰かな……」

半次は、縞の半纏を着た男と浪人を見詰めた。

縞の半纏を着た男と浪人は、清七の家を見ながら言葉を交わして蔵前の通りに向かった。

「どうします……」

「よし。何処の誰か見定めて来るんだ」

半次は命じた。

「はい。合点です」

音次郎は、縞の半纏を着た男と浪人を追って行った。

「気を付けてな……」

半次は見送った。

大川は西日を受けて煌《きら》めいた。

居間には西日が差し込んでいた。

飛び散った血は、綺麗《きれい》に拭き取られていた。

おすみは、掃除をして閑散とした居間の隅に座り込んでいた。

「お前さん……」

呟《つぶや》いたおすみの頬には、溢《あふ》れた涙が伝って落ちた。


駒形町の駒形堂前から蔵前の通りを横切り、三間町の道を西に進むと東本願《ひがしほんがん》寺《じ》前に出る。そして、その先の新堀川《しんぼりがわ》を渡り、新寺町《しんてらまち》を進むと東叡山寛永寺の山下になる。

縞の半纏を着た男と浪人は、山下から下谷広小路に向かった。

何処に行くのだ……。

音次郎は、慎重に尾行た。

夕暮れ時の下谷広小路は、参詣《さんけい》や遊山《ゆさん》の客も帰って賑《にぎ》わいを消し始めていた。

縞の半纏を着た男と浪人は、下谷広小路を進んで上野北大門町に入った。

音次郎は追った。

縞の半纏を着た男と浪人は、上野北大門町の裏通りに進んで板塀を廻した家に入った。
音次郎は、物陰から見送った。
家に廻された板塀の木戸門には、『施療院桂田清州《せりょういんかつらだせいしゅう》』の看板が掛けられていた。
施療院桂田清州……。
縞の半纏を着た男と浪人は、桂田清州の施療院に入ったのだ。
町医者だ……。
音次郎は見届けた。
縞の半纏を着た男と浪人は、怪我をしたり身体の具合が悪い様子も見えない。
町医者の桂田清州に何の用だ……。
どんな拘《かか》わりがあるのか……。
そして、桂田清州はどんな町医者なのか……。
音次郎は、板塀の廻された家を見詰めた。
四半刻が過ぎた。
板塀の木戸門が開き、縞の半纏を着た男と浪人が出て来た。
音次郎は、素早く物陰に隠れた。

縞の半纏を着た男と浪人は、下谷広小路に向かった。

よし……。

音次郎は、下谷広小路に向かう縞の半纏を着た男と浪人を尾行た。


居酒屋は賑わっていた。

縞の半纏を着た男と浪人は、隅に座って酒を飲み始めた。

「で、どうします、武田《たけだ》の旦那……」

縞の半纏を着た男は、浪人を武田と呼んで酌《しゃく》をした。

「才次《さいじ》、ま、此処《ここ》は金蔓《かねづる》の云う通りにするしかあるまい」

武田と呼ばれた浪人は、狡猾《こうかつ》な薄笑いを浮かべた。

「金蔓ですかい……」

才次と呼ばれた縞の半纏を着た男は、嘲《あざけ》りを滲ませた。

「ああ。病人を食い物にしている奴だ。遠慮は要らねえ」

武田は、傲慢《ごうまん》に云い放って酒を飲んだ。

縞の半纏を着た男は才次、浪人は武田……。

音次郎は、武田と才次の後ろに座って酒を飲みながら知った。

居酒屋には、酔客たちの賑やかな笑い声が溢れた。

翌日。

「で、武田って浪人と才次はどうしたんだ」

半兵衛は、音次郎に尋ねた。

「はい。谷中の賭場《とば》に行きました」

音次郎は昨夜、武田と才次が谷中の古寺の賭場に入ったのを見届けて戻った。

「どう思います、半兵衛の旦那……」

半次は訊いた。

「うん。武田と才次は、清七とおすみの家の様子を窺い、上野北大門町の桂田清州と云う町医者の家に行ったのだな」

半兵衛は眉をひそめた。

「はい。それから飲み屋で酒を飲んで、谷中の賭場に……」

「で、どんな話をしていたのだ……」

音次郎は告げた。

「そいつなんですが、金蔓だとか、病人を食い物にしている奴に遠慮は要らねえとか……」

「そいつは桂田清州の事かな……」

「きっと……」

音次郎は頷いた。

「よし。半次、引き続き、おすみを見張ってくれ……」

「はい……」

「それから、おすみの家には又、武田と才次が現れるかもしれない。気を付けてな」

「承知しました」

半次は頷いた。

「音次郎は、私と一緒に桂田清州と武田と才次って奴らだ」

半兵衛は命じた。

「合点です」

音次郎は頷いた。

半兵衛は、半次と別れ、音次郎を従えて上野北大門町に向かった。

下谷広小路は既に賑わっていた。

半兵衛は、音次郎と下谷広小路を抜け、上野北大門町の裏通りに進んだ。

「あそこです……」

音次郎は、板塀に囲まれた家を示した。

家に廻された板塀の木戸門には、『施療院桂田清州』の看板が掛けられていた。

半兵衛は、音次郎の示した桂田清州の施療院を眺めた。

施療院の前では医生が掃除をし、出入りする患者はいなかった。

「暇そうですね。患者、来ないのかな……」

音次郎は、掃除する医生を眺めた。

「うん。よし、音次郎は武田と才次が来るかどうか、見張っていな。私は桂田清州がどんな医者か訊いて来るよ」

「はい……」

音次郎は頷いた。

半兵衛は、上野北大門町の自身番に急いだ。

「施療院の桂田清州ですか……」

自身番の店番は眉ひそめた。

「うん。家族は……」

半兵衛は、戸口の框《かまち》に腰掛けて出された茶を啜った。

「お内儀の妙《たえ》さんと娘の佳乃《よしの》、それに医生が一人です」

「医生の名前は……」

「木田《きだ》恭二郎《きようじろう》さんですよ」

「木田恭二郎、武家の出かな……」

「はい。確か御家人の部屋住みだとか……」

「そうか。して、桂田清州、医者としての評判はどうなんだい……」

「そいつなのですが、白縫さま。桂田清州さん、医者としての腕は良いんです が、何分《なにぶん》にも薬代が……」

「高いのかい……」

「ええ。貧乏人は一切診ない。ですから患者は金持ちばかりでしてね。此の辺の者は余程じゃあなきゃあ行きませんよ」

店番は苦笑した。

半兵衛は、桂田清州の事を訊いた時、店番が眉をひそめたのを思い出した。

「そんな医者なのか……」

「ええ。ですから、評判は決して良くありませんよ。はい……」

店番は、己の言葉に頷いた。

「そうか。で、桂田清州の家に武田って浪人と才次って遊び人が出入りしているようだが、知っているかな」

「武田って浪人と才次って遊び人ですか……」

「うん……」

「さあ、存じませんが……」

「そうか……」

半兵衛は頷いた。

自身番の前には木戸番屋があり、初老の木戸番が掃除をしていた。

「やあ。邪魔するよ……」

半兵衛は、木戸番に笑い掛けて店の隅の縁台に腰掛けた。

「旦那、何か……」

木戸番は、戸惑いを浮かべた。

「うん。施療院の桂田清州を知っているね」

半兵衛は尋ねた。

「はい。そりゃあもう……」

木戸番は頷いた。

「評判、良くないね……」

半兵衛は苦笑した。

「はい。何たって薬代が高くて、金がなければ、病人が死に掛けていても知らぬ振りって医者ですからね。尤《もっと》も金さえ払えば、どんな薬でも用意するそうですがね」

木戸番は、腹立たしげに告げた。

「ほう。金さえ払えば、どんな薬でもねえ」

半兵衛は眉をひそめた。

「はい。金さえ貰えば、毒でも阿片《アヘン》でも調合するって話ですよ」

木戸番は、眉根を寄せて囁《ささや》いた。

「ほう。毒でも阿片でもねえ……」

「はい……」

「処《ところ》で桂田清州の処には、武田と云う浪人と才次って遊び人らしい者が出入りしているのだが、知っているかな……」

「そりゃあ、もう。何しろ金、金、金の医者ですからね。薬代の取立てや、恨みを買って襲われた時の用心棒だと聞いていますよ」

「成《な》る程《ほど》、薬代の取立てに用心棒か……」

半兵衛は知った。

「ええ。他にもいろいろ胡散臭《うさんくさ》い事をしていますよ。きっと……」

木戸番は眉をひそめた。

「そうか……」

町医者桂田清州は、大工の清七と何らかの拘わりがあるのかもしれない……。

半兵衛は読んだ。

「処で父っつあん、桂田清州の施療院に清七って大工は出入りしていなかったかな」

「大工の清七ですか……」

「うむ。どうかな……」

「さあ、そこ迄は分かりませんが、大工風情《ふぜい》が患者になれるとは思えませんがね

「……」

木戸番は首を捻った。

「そうか……」

半兵衛は頷いた。


大川の流れは煌めいた。

おすみは、家に閉じ籠もったまま、出掛ける事はなかった。

半次は、物陰から見張り続けた。

縞の半纏を着た男と浪人が、大川沿いの道をやって来た。

才次と武田だ……。

半次は見定め、物陰から見守った。

才次と武田は、おすみの家の前に立ち止まって鋭い眼差しで窺った。

野郎、何を企《たくら》んでいやがる……。

半次は、懐《ふところ》の十手《じって》を握り締めた。

才次と武田は、辺りを見廻して人のいないのを見定めておすみの家に進んだ。

半次は物陰を出た。

才次は、おすみの家の腰高障子を叩いた。

「はい……」

家の中からおすみの返事がした。

才次は、腰高障子の傍から退き、代わって武田が進み出た。

「どなたですか……」

おすみの影が腰高障子に映った。

武田は、刀の鯉口《こいぐち》を切った。

刹那《せつな》、呼《よ》び子笛《こぶえ》が鳴り響いた。

才次と武田は驚いた。

「戸を開けちゃあならねえ……」

半次は怒鳴った。

才次と武田は、狼狽えながらもおすみの家の戸口から離れた。

呼び子笛は鳴り響いた。

才次と武田は、辺りを見廻して呼び子笛を吹き鳴らす半次に気が付いた。

「おのれ……」

武田は、半次に猛然と駆け寄った。
半次は十手を構えた。
武田は、駆け寄りながら抜き打ちの一刀を半次に放った。
刃風が唸《うな》った。
半次は、大きく跳び退いて辛うじて躱《かわ》した。
「死ね……」
武田は、酷薄な笑みを浮かべて半次に迫り、二の太刀を一閃《いっせん》した。
刹那、半次は武田に目潰しを投げた。
血が飛び、目潰しの粉が舞った。
半次は、左の肩口から血を流しながら必死に十手を構えた。
武田は、目潰しで両眼をやられ、激しく狼狽えた。
「武田の旦那……」
才次は、狼狽える武田を連れてその場から逃げ去った。
半次は、斬られた左の肩口を血に染めて見送った。
「あの、大丈夫ですか……」
おすみが、心配した面持ちで見詰めていた。

「ええ。それより、あいつらを知っていますか……」

半次は、おすみに尋ねた。

斬られた左肩から血が流れ、左腕を伝って指先から滴り落ちた。

三

半次の左肩の傷は、血が流れた割りには浅手《あさで》だった。

半兵衛は、音次郎を上野北大門町の桂田清州の施療院の見張りに残し、駒形町に戻った。そして、傷の手当てを終えた半次と共におすみに対した。

「おすみ、お前さんを襲おうとした浪人と縞の半纏を着た奴、知っているかな……」

半兵衛は、おすみを見詰めた。

「はい。あの人たちは、以前、清七を訪ねて来た事があります」

おすみは、思い出すように告げた。

「清七を訪ねて……」

「はい……」

半兵衛は眉をひそめた。

「以前とは、いつ頃かな……」

「二ヶ月程前だったと思います」

「清七に何の用があって来たのだ」

「それが、三人で直《す》ぐに出掛けたので良く分からないのです」

「後で清七に訊かなかったのかな」

「訊きました。ですが……」

おすみは眉をひそめた。

「ですが……」

半兵衛は、話の先を促《うなが》した。

「清七は何も話してはくれませんでした」

「そうか……」

「はい。夫婦の間に秘密は作らないと約束したのに……」

おすみは、悔しさと哀しさを交錯させた。

「じゃあ、おすみさん。上野北大門町の桂田清州って医者を知っていますか……」

半次は尋ねた。

「お医者の桂田清州さんですか……」

「ええ……」

「いいえ。私は存じません。ですが、清七は知っていたのかもしれません」

おすみは俯いた。

半兵衛と半次は、おすみの家を出た。

「旦那。浪人の武田は斬り込もうとしていました。斬ろうとした相手はおそらく清七でしょうね」

半次は読んだ。

「うむ。間違いあるまい」

半兵衛は頷いた。

「って事は、武田と才次は清七が今、どうなっているか知りませんか……」

半次は睨んだ。

「おそらくね……」

武田と才次は、大工の清七が女房のおすみに刺され、消えた事を知らないのだ。

「じゃあ、武田と才次は又、清七を狙いますかね」

「おそらくね。で、武田と才次が清七の命を狙うのは、医者の桂田清州に金を貰っての事だろうな」

「じゃあ、桂田清州と清七の間に何かがあったって事になりますね」

「うむ。考えられるのは清七が桂田清州の患者になり、何か世間に知れては拙《まず》い秘密を知ってしまったか……」

半兵衛は睨んだ。

「世間に知れては拙い秘密って、じゃあ口封じですか……」

半次は眉をひそめた。

「うん。もしそうだとしたら、清七が知った桂田清州の秘密ってのが何かだね」

「はい……」

「それにしても、おすみが清七を刺した件と桂田清州との件、今の処、拘わりはなさそうだが、何処かで繋がりがあるのかもな」

半兵衛は、厳しさを滲ませた。

「はい……」

半次は頷いた。

「半次、左肩の傷はどうだ」

「大丈夫です」

「ならば、引き続きおすみを見張ってくれ」

「承知しました」

「私は、清七と桂田清州の拘わりを探してみるよ……」

半兵衛は、探索を急ぐ事にした。


上野北大門町の桂田清州の施療院の木戸門が開いた。

音次郎は、物陰から見守った。

痩せた十徳《じっとく》姿の初老の男が、薬籠《やくろう》を持った医生の木田恭二郎を従えて出て来た。

「奴が桂田清州か……」

音次郎の背後で半兵衛の声がした。

「旦那……」

音次郎は振り返った。

「往診かな……」

「きっと……」

「よし。追ってみよう」

「合点です」

半兵衛と音次郎は、上野北大門町から明神下の通りに向かう桂田清州と医生の木田を追った。

「で、旦那。半次の親分、どうでした……」

音次郎は心配した。

「うん。浅手だった。心配はいらない。引き続きおすみを見張っているよ」

「そうですか……」

「うむ。浪人の武田は中々《なかなか》の遣《つか》い手《て》だ。音次郎も気を付けるんだよ」

「はい……」

音次郎は、緊張に喉《のど》を鳴らして頷いた。

「それで、武田と才次は清七の命を狙っているようだ……」

「清七を……」

音次郎は眉をひそめた。

「うん……」

半兵衛は、明神下の通りを神田川に架かっている昌平橋に向かう桂田と木田を追いながら音次郎に事の次第を教えた。

神田川を荷船が行き、船頭の操《あやつ》る棹《さお》が水飛沫《みずしぶき》を煌めかせた。

桂田清州は、医生の木田を従えて昌平橋を渡り、神田八ツ小路を横切って日本橋に続く通りに進んだ。

半兵衛と音次郎は尾行た。

桂田と木田は、神田鍋町《なべちょう》の小間物屋『京屋《きょうや》』の暖簾《のれん》を潜った。

半兵衛と音次郎は見届けた。

「どうやら患者は、小間物屋の旦那一家の者だな……」

半兵衛は読んだ。

「ええ。奉公人の為に高い薬代を払う筈はありませんからね」

音次郎は、腹立たしげに頷いた。

「うん……」

半兵衛は苦笑した。

小間物屋『京屋』の店には、若い女客が賑やかに出入りをしていた。

「よし。音次郎、ちょいと腹拵《はらごしら》えだ」

半兵衛は、小間物屋『京屋』の斜向《はすむ》かいにある蕎麦屋《そばや》の暖簾を潜った。

音次郎は続いた。

蕎麦屋の窓から小間物屋『京屋』が見えた。

半兵衛と音次郎は、窓辺に座って盛り蕎麦を手繰《たぐ》った。

老亭主が、蕎麦湯を持って来た。

「蕎麦湯です……」

「うん。父っつあん、小間物屋の京屋、病人がいるのかな……」

半兵衛は尋ねた。

「えっ……」

老亭主は、戸惑いを浮かべた。

「いや。さっき、町医者の桂田清州が入って行ったからね」

「そうでしたか。京屋さんは、旦那の久右衛門《きゆうえもん》さんが胃《い》の腑《ふ》の病で寝込んでいると聞いていますよ」

「ほう。旦那の久右衛門が胃の腑の病か……」

「はい。お気の毒に、胃の腑に質《たち》の悪い腫物《はれもの》が出来て、時々激しい痛みに悲鳴をあげるそうですよ」

老亭主は眉をひそめた。

「そんなに酷《ひど》いのか……」

「はい……」

「して、桂田清州が往診に来て、旦那の胃の腑の病、少しは良くなっているのかな」

半兵衛は尋ねた。

「そいつが、奉公人の話じゃあ。桂田清州の調合した薬を飲むと、少しは痛みが治まっているらしいですよ」

「ほう。そうなのか……」

半兵衛は、桂田清州の薬がそれなりに効くのを知った。

「ま、あっしたちには手の届かない値の張る薬ですから、そのくらい効いて貰わなきゃあ困りますけどね」

老亭主は苦笑した。

「値の張る薬ねえ……」

半兵衛は眉をひそめた。

「旦那……」

音次郎が窓の外を示した。

桂田清州と医生の木田が、番頭たちに見送られて小間物屋『京屋』から出て来た。

「うん。先に行きな……」

半兵衛は、音次郎に命じた。

「はい。じゃあ……」

音次郎は、蕎麦屋を素早く出て行った。

「邪魔したね。美味《うま》かったよ」

半兵衛は、老亭主に蕎麦代を払って蕎麦屋を出た。

音次郎は、神田八ツ小路に向かう桂田清州と医生の木田を追っていた。

半兵衛は、音次郎の後に続いた。

神田八ツ小路には多くの人が行き交っていた。

桂田清州は立ち止まり、薬籠を持った医生の木田に何かを告げた。

医生の木田は頷いた。

桂田は、医生の木田を残して神田川沿いの柳原《やなぎわら》通りに向かった。

木田は見送った。

どうする……。

音次郎は、半兵衛を振り返った。

半兵衛が足早にやって来た。

「旦那……」

「うん。桂田の行き先を見届けろ、私は木田に当たってみる。見届けたらあの茶店にな」

半兵衛は、昌平橋の袂《たもと》の茶店を示した。

「合点です」

音次郎は、柳原通りを行く桂田を追った。

半兵衛は、昌平橋に向かう医生の木田を追った。

半兵衛は、昌平橋を渡った医生の木田恭二郎を呼び止めた。

医生の木田は、怪訝な面持ちで立ち止まった。そして、呼び止めた者が巻羽織の町奉行所同心と知って緊張した。

「は、はい。何か……」

木田は、微かな怯《おび》えを過《よ》ぎらせた。

「町医者桂田清州の施療院の医生、木田恭二郎だね」

半兵衛は、木田を厳しく見据えた。

「はい……」

木田は、自分の名前と素性が知れているのに狼狽えた。

「施療院の患者に清七って大工はいなかったかな……」

半兵衛は、大工清七と桂田清州との拘わりを摑《つか》もうとした。

「大工の清七さんですか……」

木田は眉をひそめた。

「ああ。どうだ……」

「はい。三ヶ月程前ですか、大工の清七さん、施療院に来ました」

大工の清七は、桂田清州の患者だった。

「やっぱりな。で、清七、何処か身体の具合が悪かったのかな」

「確か胃の腑だったと思います」

「胃の腑……」

小間物屋『京屋』の旦那の病と同じだ……。

半兵衛は、清七が桂田清州の患者だったのを知った。

「はい。で、一度だけ薬を買い、それっきり来なくなりました」

「一度だけ薬を買った……」

半兵衛は眉をひそめた。

「はい。何分にも先生の調合した値の高い薬ですので、買い続ける事は出来なかったのだと思います」

木田は読んだ。

大工の清七は、胃の腑の病で一度だけ桂田清州の値の高い薬を買ったが、二度目は買えなかったのだ。

「薬、どうしてそんなに値が高いのだ」

半兵衛は尋ねた。

「さあ。薬の作り方は秘伝中の秘伝で、どんな薬草を使って、どんな調合をしているのか、先生以外は誰も知らないのです」

木田は首を捻った。

「そうか。して、浪人の武田と才次は、桂田清州に金で雇われ、働いているのだな」

「はい。薬代の取立てや用心棒などを……」

木田は告げた。

「そうか……」

桂田清州が武田と才次に大工の清七の命を狙わせたのは、秘伝の値の張る薬に原因があるのかもしれない。

清七は、値の張る秘伝の薬の秘密を知ったのか……。

半兵衛は想いを巡らせた。

「あの、御役人さま……」

木田は、怯えた面持ちで辺りを窺った。

「うん。手間を取らせたね。此の事、桂田清州は勿論《もちろん》、他言は無用だよ」

半兵衛は、厳しい面持ちで命じた。

「はい。心得ております」

木田は、喉を鳴らして頷いた。

「よし。で、桂田清州は何処に行ったのだ」

「はっきり分かりませんが、おそらく玉池稲荷《たまいけいなり》裏の別宅だと思います」

「玉池稲荷裏の別宅……」

「はい。おまちって妾《めかけ》を囲っている家です」

「へえ。桂田清州、おまちって妾を囲っているのか……」

半兵衛は苦笑した。


玉池稲荷に参拝客は少なかった。

桂田清州は、玉池稲荷裏の板塀を廻した仕舞屋に入ったままだった。

仕舞屋は桂田清州の持ち物であり、おまちと云う名の妾が暮らしていた。

桂田清州が直ぐに出て来る気配はない……。

音次郎は、小泉町《こいずみちょう》の木戸番などに聞き込んで神田八ツ小路に戻った。

昌平橋の袂の茶店に客は少なかった。

半兵衛は、茶店の縁台に腰掛けて茶を飲んでいた。

秘伝の薬……。

何もかもそれから始まっている……。

半兵衛は睨み、茶を啜った。

「旦那……」

音次郎が駆け寄って来た。

「おう。御苦労さん。ま、茶でも飲みな」

半兵衛は、茶店の亭主に茶を頼んだ。

「はい。ありがとうございます」

音次郎は、半兵衛の隣に腰掛けた。

「で、桂田清州は玉池稲荷裏の妾の処か……」

「はい。旦那……」

音次郎は、戸惑いを浮かべた。

「うん。医生の木田が教えてくれたよ」

「そうですか……」

音次郎は、運ばれて来た茶を飲んだ。

「音次郎、武田と才次が大工の清七の命を狙ったのは、どうやら桂田清州の秘伝の薬が絡《から》んでいるようだ」

「秘伝の薬……」

「うむ。音次郎、お前は引き続き、桂田清州を見張って浪人の武田と才次が現れるのを待つんだ」

「はい。で……」

音次郎は、指示を仰いだ。

「動きを見定めろ」

半兵衛は命じた。

おすみは出掛ける事もなく、家に訪れる者もいなかった。

半次は見張った。

「どうだ……」

半兵衛がやって来た。

「おすみは出掛けず、清七も現れず、ですよ」

半次は告げた。

「武田と才次、あれ以来、やって来ないか……」

「はい……」

「よし。じゃあ、おすみに逢ってみるか……」

「何か……」

半次は眉をひそめた。

「うむ。清七、桂田清州から値の張る秘伝の薬を買っていてね」

「秘伝の薬……」

「うん。そいつの事でちょいとね。半次も一緒に来てくれ」

半兵衛は、おすみの家に向かった。

半次は続いた。


「どうぞ……」

おすみは、緊張した面持ちで半兵衛と半次に茶を差し出した。

「戴《いただ》くよ……」

半兵衛と半次は茶を啜った。

「それで、清七は……」

おすみは、探るような眼を向けた。

「そいつが何処の医者にも薬屋にも現れちゃあいない……」

「そうですか……」

おすみは俯いた。

「処でおすみ、清七は胃の腑の病に罹《かか》っていたようだね」

半兵衛は、おすみを見詰めた。

「えっ……」

おすみは、僅《わず》かに狼狽えた。

「間違いないね」

半兵衛は見定めた。

「はい……」

おすみは、覚悟を決めたように頷いた。

「で、医者の桂田清州から値の張る秘伝の薬を買った……」

「白縫さま……」

「秘伝の薬は、胃の腑の病の激しい痛みを和《やわ》らげてくれた。そうだね」

半兵衛は尋ねた。

「はい……」

「だが、秘伝薬は飲み切ってしまい。二度目に買う金はなかった」

「桂田清州の秘伝の薬は、十日分で五両の高値。私たちにはそれ以上、買うお金はありませんでした……」

おすみは、哀しげに告げた。

「で、清七はその後、再び胃の腑の激しい痛みに苦しんだ。死にたくなるぐらいの激しい痛みにね……」

半兵衛は、おすみを見詰めて告げた。

「はい……」

おすみは、胃の腑の激痛に苦しむ清七を思い出したのか、涙ぐんだ。

「して、おすみ。桂田清州の秘伝薬、どんなものか分かっているのか……」

半兵衛は訊いた。

「いいえ。私は存じません」

おすみは、微かに怯んだ。

「そうか。だが、清七は分かっていた……」

半兵衛は読んだ。

「白縫さま……」

「そうだね……」

半兵衛は念を押した。

「分かりません……」

おすみは、哀しげに俯いた。

「桂田清州は、清七に秘伝薬の秘密を気付かれたと知り、清七がいないのも知らず、浪人の武田と才次に命を狙わせた」

半兵衛は睨んだ。

「白縫さま……」

おすみは困惑した。

「ま、武田と才次が清七の命を狙っている理由はそんな処だろうが。やはり分からないのは、おすみが何故に清七を刺したかだよ」

半兵衛は、おすみに笑い掛けた。

「それは、何度も申し上げているように、清七が約束を破り、私を裏切ったからです」

おすみは、懸命に告げた。

「おすみ、気の毒だが、私はそんな言葉は信じちゃあいない……」

半兵衛は、おすみを哀れんだ。

「そんな……」

おすみは言葉を失った。

「まあ、良い。おすみ、浪人の武田と才次は、秘伝薬の秘密に気付かれたと思っている桂田清州の指図で清七の命を狙っているのは間違いない。呉々《くれぐれ》も気を付けるんだよ」

半兵衛は厳しく告げた。

四

大川から吹き抜ける風は、半兵衛と半次の鬢《びん》の解《ほつ》れ髪《がみ》を揺らした。

「清七、何処にいるんでしょうね」

半次は眉をひそめた。

「おそらく、もう死んでいるよ……」

半兵衛は、船の行き交う大川を眩《まぶ》しげに眺めた。

「旦那……」

半次は緊張した。

「大川の何処かでね……」

半兵衛は読んだ。

「大川の何処かで……」

半次は、船の行き交う大川を眺めた。

大川の下流には、両国橋《りょうごくばし》が小さく見えた。

「うむ。大久保さまから船番所に問い合わせて貰っている」

「そうですか。それにしてもおすみ、どうして清七を刺したんですかねえ」

「病だからだろうな……」

半兵衛は読んだ。

「看病に疲れましたか……」

半次は、おすみに同情した。

「それもあるかもしれないが……」

「他にもありますか……」

半次は、半兵衛に怪訝な眼差しを向けた。

「うん。あるね……」

半兵衛は頷いた。

大川に船は行き交った。

玉池稲荷の赤い幟旗《のぼりばた》は、風に揺れていた。

桂田清州は、妾おまちの家に入ったままだった。

音次郎は、見張り続けていた。

僅かな刻が過ぎた。

浪人の武田と遊び人の才次がやって来た。

現れた……。

音次郎は、物陰に隠れて見守った。

武田と才次は、板塀の木戸門を潜っておまちの家に入って行った。

桂田清州に清七殺しの失敗を報せに来たのか……。

音次郎は読んだ。

で、どうするのだ……。

尻尾《しっぽ》を巻くのか……。

再び襲うのか……。

音次郎は、武田と才次が出て来るのを待った。

板塀の木戸門が開いた。

音次郎は見守った。

浪人の武田と遊び人の才次が現れ、神田川沿いの柳原通りに向かった。

音次郎は追った。


「秘伝の薬……」

大久保忠左衛門は、筋張った細い首を伸ばした。

「はい。上野北大門町の町医者桂田清州が調合した秘伝の薬。そいつを手に入れたいんですが、何分にも値の高い薬……」

半兵衛は、忠左衛門を見詰めた。

「値の高い秘伝の薬か……」

忠左衛門は、細い首を引《ひ》き攣《つ》らせた。

「はい。同心風情にはとても買えぬ値の秘伝の薬。どうか、北町奉行所の金子《きんす》で買って戴きたい……」

半兵衛は頼んだ。

「奉行所の金子で……」

「はい。秘伝薬を買い、養生所《ようじようしよ》の本道医《ほんどうい》小川良哲《おがわりようてつ》先生にどんな薬草などを調合しているのか、詳しく調べて貰います」

「成る程。良かろう」

忠左衛門は頷いた。

「忝《かたじけの》うございます」

半兵衛は礼を述べた。

「うむ。して、秘伝の薬とは如何ほどだ」

「十日分で五両……」

半兵衛は告げた。

「十日分で五両……」

忠左衛門は、筋張った細い首を伸ばして眼を瞠《みは》った。

「はい。五両にございます。大久保さまには早々のお許し、流石《さすが》は北町奉行所随一の切れ者。評判通りにございますな」

半兵衛は、忠左衛門の気が変わらないよう素早く誉《ほ》めた。

「大久保さま……」

当番同心が用部屋にやって来た。

「何用だ……」

「はい。永代橋《えいたいばし》の船番所《ふなばんしょ》から土左衛門《どざえもん》が上がったと報せが……」

当番同心は告げた。

「何……」

「大久保さま、此にて御免……」

半兵衛は、慌ただしく忠左衛門の用部屋を出た。


大川に架かっている永代橋の傍の船番所は、遠島《えんとう》の刑に処せられた罪人を乗せた流人船《るにんぶね》の発着所でもあった。

半兵衛は、土間の筵に寝かされた土左衛門を検《あらた》めた。

土左衛門は、水を飲んで浮腫《むく》んでおり、生前の様子とは大きく変わっている筈だ。

土左衛門か……。

半兵衛は、土左衛門の背中を検めた。

土左衛門の背中には、水に洗われた刺し傷があった。

刺されてから大川に入った……。

何れにしろ土左衛門であり、死因は溺死《できし》なのだ。

死んでから大川に入ったなら、水を飲む事はなく土左衛門にはならない。

背中を刺され、生きている内に大川に入ったのだ。

半兵衛は読んだ。

そして、背中の刺し傷は大工の清七……。

半兵衛はそう思った。

半次がおすみを伴って来た。

「旦那……」

「うむ。おすみ……」

半兵衛は、おすみに寝かされている土左衛門を見せた。

おすみは、眼を瞠って立《た》ち竦《すく》んだ。

「おすみ、水を飲み、何日か水に浸かっていたので、人相が大きく変わっているが、どうかな……」

半兵衛は、おすみを見据えた。

おすみは、崩れ落ちるように両膝を突いて土左衛門を見詰めた。

「せ、清七です……」

　おすみは、土左衛門を見詰めて涙を零《こぼ》した。

「清七か……」

「はい……」

「間違いないかな」

「幾ら人相が変わっていても、見間違う事などございません」

　おすみは、哀しげに告げた。

「そうか……」

　半兵衛は頷いた。

「はい。私が殺《あや》めた清七にございます」

　おすみは、漸《ようや》く清七の死体が見付かった所為《せい》か、微かな安堵を過《よ》ぎらせた。

「そいつは違うな、おすみ……」

　半兵衛は苦笑した。

「えっ……」

　おすみは、戸惑いを浮かべた。

「先《ま》ず、お前は清七を家の居間で刺して殺したと申した。だが、清七の死体は大川で見付かった。それはどうしてかな……」

半兵衛は尋ねた。

「そ、それは……」

おすみは狼狽えた。

「それから、清七は土左衛門であがった。それは、お前に背中を刺されて殺されなかった証だよ」

「えっ……」

「死んでいたら、水を飲んで土左衛門にはならない筈だ」

「白縫さま……」

「おすみ、清七は生きていたから土左衛門になったんだ」

半兵衛は告げた。

「そんな……」

「清七はお前に背中を刺されて気を失い、死んだと思ったお前が自身番に行った後、気を取り戻して己から大川に身を投げたんだよ」

半兵衛は読んだ。

「何故、何故そんな真似を……」

おすみは、浮腫んだ清七の顔を見ながらぽろぽろと涙を零した。

「おすみ、清七はお前を人殺しにしたくなかったのだ」

「人殺しにしたくなかった……」

「ああ。居間で死ねば、おすみは自分の言葉通りに人殺しになる。だが、清七はおすみを人殺しにしたくなかった。人殺しにしたくない一念で家を出て、必死な思いで大川に身を投げたんだよ……」

半兵衛は、おすみに静かに語り掛けた。

「お、お前さん……」

おすみは、嗚咽《おえつ》を洩らした。

「おすみ。どうして清七を刺したのかな……」

「痛みを和らげる桂田清州さまの秘伝薬も買えず、胃の腑の激しい痛みに苦しむ清七を見ていられませんでした……」

「して、清七に刺し殺してくれと頼まれたのかい……」

半兵衛は、核心を突いた。

「し、白縫さま……」

おすみは、言葉を失った。

「それで、お前さんは、胃の腑の激痛にのたうち廻る清七を見ていられなくなり、背後から刺した。違うかな……」

半兵衛は、おすみに笑い掛けた。

おすみは泣いた。

溢れる涙を零し、啜り泣いた。

「旦那。清七とおすみ、二人ともお互いを思《おも》い遣《や》ってした事ですか……」

半次は哀れんだ。

「うん。半次、人ってのは優しくて哀しいものだ……」

半兵衛は、淋《さみ》しげに告げた。

大川の流れ込む江戸湊《えどみなと》は夕陽に煌めいた。

半兵衛は、半次と共に清七の遺体を駒形町の家に運んだ。そして、おすみと共に通夜《つや》を始めた。

閉められた雨戸が小さく叩かれた。

「誰だ……」

半次は窺った。

「親分、あっしです」

音次郎の声がした。

半次は、雨戸を僅かに開けた。

音次郎が素早く入って来た。

「どうした……」

半次は訊いた。

「武田と才次が来ています」

音次郎は報せた。

「旦那……」

「うん。音次郎、そのまま見張りを続け、才次が逃げ出したらお縄にしな」

半兵衛は命じた。

「合点です」

音次郎は、喉を鳴らして頷いた。

「半次、おすみと清七をな……」

「承知……」

「よし……」

半兵衛は、刀を手にして立ち上がった。

浪人の武田と遊び人の才次は、夜の暗がりに乗じておすみの家に忍び寄った。

おすみの家には明かりが灯されている。

「旦那……」

才次は、緊張に喉を鳴らした。

「踏み込み、清七と女房を一気に斬り棄てて逃げる。良いな」

武田は命じた。

「へい……」

才次は頷き、おすみの家の腰高障子を蹴破った。

武田が踏み込もうとした。

半兵衛がいた。

武田は、咄嗟《とっさ》に外に退いた。

「待て……」

半兵衛は、追って戸口を出た。

武田は、振り返り態《ざま》に抜き打ちの一刀を放った。
刃風が唸った。
半兵衛は跳び退いた。
武田は身を翻《ひるがえ》した。
半兵衛は、咄嗟に小柄《こづか》を投げた。
武田は、横に身を投げ出して小柄を躱した。
半兵衛は、武田に追い付いて対峙《たいじ》した。
「武田、大工の清七の命を狙うのは、町医者桂田清州に金で雇われたからだな」
半兵衛は冷笑した。
「し、知らぬ……」
武田は、己の素性が知れているのに狼狽えながら惚《とぼ》けた。
「今更惚けても無駄だよ……」
半兵衛は、僅かに腰を沈めて刀の鯉口を切った。
刹那、武田は先手を打つように半兵衛に鋭く斬り付けた。
半兵衛は、抜き打ちの一刀を閃《ひらめ》かせた。
閃光が交錯した。

半兵衛と武田は、残心《ざんしん》の構えを取った。
才次は、暗がりで匕首《あいくち》を握り締めて息を潜《ひそ》めていた。
武田の胸元から血が噴き出し、ゆっくりと前のめりに倒れ込んだ。
半兵衛は、残心の構えを解いた。
才次が、暗がりから飛び出して逃げた。
同時に音次郎が現れ、鉤縄《かぎなわ》を投げた。
鉤縄は飛び、才次の足許に絡み付いた。
才次はよろめいた。
「逃がすか、才次……」
音次郎が、才次に飛び掛かって十手で殴り飛ばした。
才次は、鼻血を散らして倒れた。
音次郎は、倒れた才次に馬乗りになって十手で容赦《ようしゃ》なく打ち据えた。
才次は気を失った。
音次郎は、気を失った才次に縄を打った。
「御苦労だったな……」
半兵衛は音次郎を労《ねぎら》った。

才次は、浪人の武田と共に町医者桂田清州に金で雇われ、大工清七の命を狙った事を白状した。

半兵衛は、町医者桂田清州を召し捕り、秘伝の薬を押収した。

「さあて、清州、何故に大工清七の命を狙ったのか教えて貰おうか……」

半兵衛は、桂田清州を厳しく責めた。

「知らぬ。儂《わし》は何も知らぬ……」

桂田清州は惚けた。

「ならば、此の秘伝の薬、どのような薬草を調合して作ったのか教えて貰おうか……」

半兵衛は迫った。だが、清州は頑《がん》として口を割らなかった。

半兵衛は、秘伝の薬を養生所肝煎《きもいり》の本道医小川良哲の許に持ち込み、どのような薬草などを調合したものか、詳しく調べるように頼んだ。

小川良哲は、秘伝の薬が胃の腑の質の悪い腫物の痛みを和らげたと聞き、詳しく調べた。

「阿片……」

半兵衛は眉をひそめた。

「はい。此の秘伝の薬、様々な痺《しび》れ薬の他に阿片も入っているようですね」

小川良哲は、詳しく調べた結果を半兵衛に報せた。

「そうですか。やはり阿片が調合されていましたか……」

半兵衛は知った。

桂田清州の秘伝の薬には、阿片が調合されていた。

大工の清七は、阿片が調合されているのに気が付き、それとなく桂田清州に探りを入れた。

桂田清州は、一笑に付して否定した。

大工の清七は退き下がった。だが、清七が騒ぎ立てれば、秘伝の薬に阿片が調合されており、抜け荷の品だと露見するかもしれないのだ。

桂田清州は焦《あせ》り、怯えた。そして、浪人の武田と遊び人の才次に大工清七を殺すように頼み、金を渡した。

半兵衛は読んだ。

桂田清州は、秘伝薬に抜け荷の阿片を調合し、大工清七を殺すように浪人の武田と才次に命じた事を認めた。

大久保忠左衛門は、桂田清州を死罪に処して遊び人の才次を島流しにした。

大工清七は、胃の腑の病を悲観して大川に身を投げた。

半兵衛は、清七の死をそう見定め、女房おすみを無罪放免にした。

「世の中には、私たちが知らない顔をした方が良い事がありますからね。旦那……」

半次と音次郎は笑った。

「うん……」

半兵衛は苦笑し、残されたおすみの幸せを祈った。

第四話　甚振《いたぶ》る

一

不忍池に枯葉が舞った。

音次郎は、半兵衛の使いを終えて不忍池の畔《ほとり》に向かっていた。

半纏《はんてん》を着た若い職人が、行く手にある料理屋『笹乃井《ささのい》』から出て来た。

「おう。宇之吉《うのきち》じゃあねえか……」

音次郎は声を掛けた。

宇之吉と呼ばれた職人は、音次郎に気が付いて笑みを浮かべた。

「やあ。音さん……」

「仕事の帰りかい……」

「うん。笹乃井の旦那に頼まれた蜻蛉《とんぼ》の置物を納めた帰りだぜ」

「へえ。鍛銀《たんぎん》の蜻蛉の置物か、見事なもんなんだろうな」

宇之吉は、鍛銀師の時蔵《ときぞう》の倅《せがれ》であり、若いながらも技と才は群を抜き、行く末は名人だと噂《うわさ》されていた。

「ま、気に入って貰ったよ。音さんは……」

「うん。半兵衛の旦那の使いの帰りだぜ」

「そうですかい……」

宇之吉の家は八丁堀北島町にあり、地蔵橋《じぞうばし》傍の半兵衛の組屋敷と近かった。

十八歳の宇之吉は、音次郎と直《す》ぐに親しく酒を飲む仲になっていた。

音次郎と宇之吉は、一緒に不忍池の畔に進んだ。

不忍池の畔には、四人の袴姿の若い武士たちがいた。

何だ……。

音次郎と宇之吉は、眉をひそめて袴姿の若い武士たちを見た。

三人の若い武士たちは、残る一人を取り囲んで突き飛ばし、蹴飛ばしていた。

残る若い武士は倒れ、土埃《つちぼこり》が舞った。

突き飛ばし、蹴飛ばしていた三人の若い武士たちは嘲《あざけ》りを浮かべて立ち去り、倒れた若い武士だけが残された。

若い武士はのろのろと立ち上がり、袴や着物の土を払った。

その顔は、宇之吉に瓜二《うりふた》つだった。

えっ……。

音次郎は、気が付いて思わず宇之吉と若い武士の顔を見比べた。

宇之吉に瓜二つの若い武士は、重い足取りで歩き出した。

宇之吉は見送った。

「似ているな、面《つら》。宇之吉と……」

音次郎は、戸惑いを浮かべた。

「ああ……」

「そっくりだぜ……」

「あいつは俺の兄貴だ……」

宇之吉は告げた。

「兄貴……」

音次郎は混乱した。

「ああ。双子の兄貴だ……」

宇之吉は、腹立たしげに告げた。

音次郎は、宇之吉の云う事が飲み込めずに困惑した。

囲炉裏《いろり》の火は、鍋の底で舞った。

「双子の兄貴……」

半兵衛は、思わず訊き返した。

「はい。宇之吉、その面の良く似た若い武士は、双子の兄貴だって云うんですよ」

音次郎は、鍋のだし汁に野菜や鶏肉などの具材を入れ、蓋《ふた》をしながら告げた。

「どう云う事だ。音次郎……」

半次は眉をひそめた。

「そいつが、宇之吉は、はっきり云わないんですよね」

音次郎は首を捻《ひね》った。

「武家には双子を忌《い》み嫌《きら》う者がいてな。双子の内の一人を養子に出す事がある。おそらく宇之吉は、旗本家に双子で生まれ、鍛銀師の時蔵の家に貰われたのだろう」

半兵衛は読んだ。

「そう云えば、聞いた事がありますね。そんな話……」

半次は、湯呑茶碗に酒を満たして半兵衛に差し出した。

「うん。で、宇之吉は時蔵の子になり、親の許で修業し、若いのに末は名人と期待される鍛銀師になった。ま、そんな処《ところ》だろうね」

半兵衛は読んだ。

「そうなんですか……」

「して、旗本家に残った兄貴は、どうやら朋輩《ほうばい》に苛《いじ》められているか……」

半兵衛は、湯呑茶碗の酒を飲んだ。

「ええ。どうやら……」

音次郎は、鳥鍋の煮え具合を見る為に蓋を取った。

湯気が舞い上がった。


神田川に架かっている和泉橋《いずみばし》の橋脚に若い武士の死体が引っ掛かっていた。

報《しら》せを受けた神田佐久間町の自身番の者と木戸番が駆け付け、和泉橋の橋脚に引っ掛かっている若い武士の死体を引き上げた。

半次は、逸早《いちはや》く駆け付けて若い武士の死体を検《あらた》めた。

若い武士は、背中を斬られたり腹を刺されたりしていたが、水を飲んではいなかった。

半兵衛は、音次郎を従えてやって来た。

「やあ。御苦労さん。で、どうだい、仏さんは……」

半兵衛は、自身番の者や木戸番を労《ねぎら》い、若い武士の死体を検めている半次に尋ねた。

「背中を斬られ、腹を刺されたりしていますが、水は飲んでいませんね」

半次は告げた。

「って事は斬られて死んだか……」

半兵衛は、若い武士の背中の斬り傷や腹の刺し傷を検めた。

「ええ。殺《や》ったのは侍ですかね」

「侍とは限らないが、一人じゃあないかもしれないね」

半兵衛は読んだ。

「一人じゃあない……」

半次は眉をひそめた。

「あれ……」

音次郎が何かに気が付いた。

「どうした……」

「此《こ》の仏さん、何処《どこ》かで見た顔です」

音次郎は、若い武士の死に顔を覗《のぞ》いた。

「見た顔……」

「はい……」

音次郎は頷いた。

「半次、仏の身許《みもと》、分かっているのか……」

「いえ。身許を証《あか》すような物は何も持っていなくて、未だ……」

半次は、首を横に振った。

「そうか。して、音次郎、何処で見た顔なんだ」

「そいつが、いつだったか、宇之吉の兄貴を苛めていた奴らの中にいた奴かも……」

音次郎は眉をひそめた。

「ほう。じゃあ此の仏さん、苛めっ子の一人って訳か……」

「いえ。未だはっきりとは……」

音次郎は、自信がなかった。

「ま、良い。苛めっ子ならば、仲間がいる筈《はず》だ。その辺から洗って見るか……」

「ですが、仲間が誰で何処にいるかは……」

「先《ま》ずは不忍池界隈《かいわい》、神田明神、湯島天神で連《つる》んで遊んでいる若い侍を洗ってみるか……」

半兵衛は、小さな笑みを浮かべた。

「分かりました。音次郎……」

半次は、音次郎を促した。

「はい……」

「そうだ。音次郎、鍛銀師の宇之吉は何歳だ」

「えっ。確かあっしより五つ程下ですから十八歳です」

「十八歳か……」

半兵衛は頷いた。

「旦那、じゃあ……」

半次と音次郎は駆け去った。

半兵衛は、若い武士の死体を眺《なが》めた。

若い武士の腰には、大小の刀が抜かれもせずに差されていた。

「刀を抜きもせずに殺されたか……」

半兵衛は苦笑した。


下谷広小路は賑《にぎ》わい始めていた。

半次と音次郎は、上野元黒門町の裏通りにある地廻りの黒門一家《くろもんいっか》を訪れた。そして、地廻りの為五郎《ためごろう》を呼び出した。

「こりゃあ、本湊の親分……」

為五郎は、微かに緊張した。

「やあ、為五郎、達者なようだな」

半兵衛は、その昔、浪人と喧嘩《けんか》になって斬られそうになった為五郎を助けてやった事があった。

「へい。お蔭さまで。で、親分、何か……」

為五郎は、半次に探る眼を向けた。

「うん。此の界隈に連んで遊んでいる十七、八歳の若い侍たちはいないかな」

半次は尋ねた。

「連んで遊んでいる十七、八歳の若い侍たちですか……」

為五郎は眉をひそめた。

「うん。知らないかな……」

「ええ、此の界隈じゃあ見掛けませんねえ」

為五郎は首を捻った。

「見掛けないか……」

「はい。十七、八歳の若い侍なら学問所のある湯島か神田の方じゃありませんか……」

為五郎は告げた。

「やっぱり、湯島か神田かな……」

「ええ。行ってみますか……」

音次郎は頷《うなず》いた。

「よし。為五郎、此《これ》から連んで遊んでいる十七、八歳の若い侍たちが下谷広小路界隈に現れないか、気にしてくれ」

「はい。分かりました……」

為五郎は頷いた。

半次は、音次郎を連れて湯島天神に急いだ。

「旗本の倅だと……」

北町奉行所吟味方与力の大久保忠左衛門は、筋張った細い首を伸ばした。

「おそらく……」

半兵衛は頷いた。

「ならば、半兵衛。直参《じきさん》旗本の倅が刀を抜き合わせもせずに背を斬られ、腹を突き刺されて殺され、神田川に放り込まれたと申すか……」

忠左衛門は白髪眉《しらがまゆ》をひそめた。

「ま、そんな処でしょう」

「情けない……」

忠左衛門は、腹立たしげに吐き棄てた。

「して、大久保さま。近頃、旗本の馬鹿な倅の悪い噂、何か耳に入っていませんか……」

「別に此と云ってないが……」

「そうですか。ならば、大久保さま。十七年前に男の双子が生まれた旗本家を御存知ないですか……」

「十七年前に男の双子が生まれた旗本家……」

　忠左衛門は、喉《のど》を鳴らした。

「御存知ありませんか……」

「うむ。双子は忌み嫌われている故、何処の家も内緒にするが……」

「ちょいと調べては戴《いただ》けませんか……」

「うむ。それは構わぬが……」

　忠左衛門は頷いた。

「宜しくお願いします。では……」

　半兵衛は、忠左衛門に挨拶《あいさつ》をして用部屋を出ようとした。

「待て、半兵衛……」

　忠左衛門は呼び止めた。

「はい。何か……」

「仏が旗本の倅だったら、我ら町奉行所の支配違い。そこの処を抜かりなくな……」

　忠左衛門は、筋張った細い首を伸ばした。

「はい。仏が旗本の倅で支配違いでも、殺《や》ったのが我ら町奉行所支配の浪人かもしれない限り、遠慮は無用かと……」

半兵衛は、不敵な笑みを浮かべた。

湯島天神参道には露店が並び、参拝客が行き交っていた。

半次と音次郎は、鳥居を潜って境内《けいだい》に向かった。

しゃぼん玉が舞い飛んで来た。

「親分……」

音次郎は、しゃぼん玉に気が付いた。

「うん……」

半次は、並ぶ露店を眺めた。

しゃぼん玉売りの男が、並ぶ露店の端からやって来た。

岡っ引柳橋の弥平次の身内の由松だった。

「由松の兄いです」

「うん……」

半次は頷き、音次郎を促して参道から外れて石灯籠の陰に入った。

由松がやって来て半次に挨拶をし、音次郎に頷いて見せた。

「誰かを捜しているんですかい……」

由松は囁《ささや》いた。

「連んで遊んでいる十七、八歳の若い侍たちだが、見掛けた事はないかな」

「連んで遊んでいる若い侍ですか……」

「うん。旗本御家人の倅のようなんだがな」

「らしい奴らは、見掛けた事がありますよ」

由松は告げた。

「見掛けた……」

半次は訊き返した。

「はい。今日は未だ見掛けちゃあいませんがね……」

由松は、参道を行き交う参拝客を眺めた。

「そうか……」

「今朝、和泉橋であがった若い侍の仏と拘《かか》わりがあるんですか……」

由松は眉をひそめた。

「ああ……」

半次は頷いた。

神田佐久間町の木戸番が、北町奉行所を訪れて半兵衛に面会を求めた。

半兵衛は、木戸番を同心詰所に招いた。

「何か分かったかい……」

半兵衛は尋ねた。

「はい。御旗本の小池采女正《こいけうねめのしょう》さまの御屋敷の御用人さまがお見えになり、若いお侍の仏さまの顔を検め、縁《ゆかり》の者だと仰《おつしや》って引き取られました」

木戸番は報せた。

「旗本の小池采女正……」

半兵衛は眉をひそめた。

「はい……」

「仏が縁の者とは、小池家の倅って事かな」

「それが、自身番の家主さんたちが尋ねたのですが、唯々《ただただ》縁の者だと云うだけでして……」

木戸番は、困惑を浮かべた。

「そうか。ならば、仏の名前も家族かどうかも分からないか……」

半兵衛は苦笑した。

「はい……」

木戸番は頷いた。

「よし。分かった、御苦労だったね」

半兵衛は、神田佐久間町の木戸番を労った。


旗本小池采女正……。

半兵衛は、旗本御家人の武鑑《ぶかん》を開き、小池采女正を捜した。

小池采女正は、小石川に屋敷のある五百石取りの旗本であり、家族は奥方の他に倅が二人と娘が二人いた。

二人の倅の内、嫡男の紀一郎《きいちろう》は二十二歳であり、次男の源二郎《げんじろう》は十八歳だった。

和泉橋で見付かった仏は、次男の小池源二郎なのか……。

半兵衛は苦笑した。

半次は、神田明神の参道と境内、盛り場に連んで遊ぶ若い侍たちを捜した。だが、それらしい若い侍たちは現れなかった。

湯島天神参道の音次郎と由松も、連んで遊ぶ若い侍たちと出遭う事はなかった。

音次郎は、由松を手伝ってしゃぼん玉を売りながら見張りを続けた。

参道を来る参拝者の中には、半纏を着た若い職人がいた。

見覚えがある……。

音次郎は、眼を凝《こ》らした。

宇之吉……。

音次郎は、参道を来る若い職人が鍛銀師の宇之吉だと気が付いた。

宇之吉は、音次郎に気が付かず、厳しい面持ちで参道を境内に向かった。

音次郎は眉をひそめた。

「どうした、音次郎……」

由松は、音次郎に怪訝《けげん》な眼を向けた。

「えっ、ええ。ちょいと知り合いが……」

音次郎は眉をひそめた。

「気になるのか……」

「はい……」

「だったら、ちょいと追ってみな……」

由松は告げた。

「すみません。由松の兄い、じゃあ……」

音次郎は、宇之吉を追った。

由松は、しゃぼん玉を吹きながら見送った。

しゃぼん玉は七色に輝きながら舞った。

二

本郷通りから菊坂台町《きくざかだいまち》を抜け、小石川片町《こいしかわかたまち》に進むと旗本屋敷の連なりに出る。

半兵衛は、小石川の旗本屋敷街に入った。

文箱《ふばこ》を持った小者がやって来た。

主《あるじ》の使いに行く……。

半兵衛は睨《にら》み、小者を呼び止めた。

「は、はい……」

「付かぬ事を尋ねるが、此の辺りに小池采女正さまの御屋敷があると聞いたのだが、何処か知っているかな……」

半兵衛は尋ねた。

「はい。小池さまの御屋敷なら此の先の三叉路《さんさろ》を西に曲がった処にございます」

「此の先の三叉路を西か……」

「はい……」

「して、小池屋敷に何か変わった様子はないかな……」

「さあ、存じませんが……」

小者は、戸惑いを浮かべた。

「そうか。いや、造作を掛けたな……」

半兵衛は、小者に礼を云って三叉路に進んで西に曲がった。

小池屋敷は見付かった。

小池屋敷は表門を閉め、静寂に覆《おお》われていた。

此処《ここ》か……。

半兵衛は、小池屋敷を眺め、耳を澄ました。

小池屋敷からは経は聞こえず、弔《とむら》いをしている気配は窺《うかが》えなかった。

よし……。

半兵衛は、表門脇の潜り戸を叩いた。

小さな覗き窓が開き、取次ぎの家来が顔を見せた。

「何方《どなた》です……」

「北町奉行所の白縫半兵衛、小池源二郎どのの事で主の采女正さまにお逢いしたい」

半兵衛は告げた。

「わ、我が主は只今《ただいま》、取り込み中でして……」

取次ぎの家来は、拒絶しようとした。

「ならば、源二郎どのが刀も抜かず、逃げようとして背中を斬られ、腹を刺されて死んだ事をお目付《めつけ》や評定所《ひょうじょうしょ》に報せる事になるが、それでも構わぬかと、采女正さまに確かめては戴けませぬか……」

半兵衛は、冷たく笑った。

「お、お待ち下され……」

取次ぎの家来は狼狽《うろた》えた。

小池屋敷の書院には、微《かす》かに線香の匂いが漂《ただよ》って来ていた。

引き取って来た源二郎を身内だけで弔っている……。

半兵衛は読み、出された茶を飲んだ。

「お待たせ致した……」

中年の武士がやって来た。

「小池家用人の大谷喜内《おおたにきない》です。北町奉行所の白縫半兵衛どのですな」

「如何《いか》にも……」

「して、御用とは……」

用人の大谷喜内は、微かな怯《おび》えを滲《にじ》ませた。

「神田佐久間町の自身番から若い武士の死体を引き取ったのは、お手前ですな」

「……」

「如何にも……」

大谷は、喉を鳴らして頷いた。

「ならば、背中を斬られて腹を刺され、殺された挙句《あげく》に神田川に放り込まれたのは、当家御次男の小池源二郎どのに間違いありませんな……」

半兵衛は、冷ややかに念を押した。

「は、はい……」

大谷は頷いた。

「して、源二郎どのを斬った者に心当たりはござらぬか……」

半兵衛は、大谷を見据えた。

「ご、ござらぬ……」

大谷は、不安を過《よ》ぎらせた。

「ならば、何故に斬り殺されたか、心当たりはありませんか……」

「心当たりなどありません……」

大谷は、声を震わせた。

「そうですか……」

半兵衛は苦笑した。

「はい……」

「聞く処によれば、源二郎どの、同じ年頃の者たちと連んで遊び歩き、いろいろ悪い噂もあるとか。その辺りで恨みでも買ったのですかな……」

半兵衛は、大谷に笑い掛けた。

「し、白縫どの……」

「ま、此から源二郎どのの行状を詳しく調べますので、何もかもはっきりするかと……」

「白縫どの、源二郎さまは旗本の御子息、支配違いの町奉行所に調べられる謂《いわ》れは……」

大谷は焦り、狼狽えた。

「大谷どの、刀を抜かずに逃げる源二郎どのに追《お》い縋《すが》り、その背を斬って腹を刺し、神田川に放り込んだ者が浪人や渡世人なら我ら町奉行所の支配でしてな。放っては置けません」

半兵衛は笑った。

「そうですか……」

大谷は項垂《うなだ》れた。

「ならば、大谷どの、殺された源二郎どのが連んで遊んでいた者たちの名前、教えて貰いましょうか……」

「えっ……」

「大谷どの、源二郎どのが何故に殺されたのか、御公儀に知れれば、小池家も呆女正さまも只ではすまぬかもしれませぬ。此処は早々に始末をするべきかと……」

半兵衛は、大谷を冷ややかに見据えた。

湯島天神境内には参拝客が行き交った。

鍛銀師の宇之吉は、木陰に佇《たたず》んで行き交う参拝客を窺っていた。

誰かを捜している……。

音次郎は、宇之吉を見守った。

四半刻が過ぎた。

宇之吉は、不意に木陰を出て湯島天神の境内を横切って東の鳥居に急いだ。

音次郎は追った。

宇之吉は、東の鳥居を潜《くぐ》った。

その先には、男坂《おとこざか》と女坂《おんなざか》がある。

音次郎は、行き交う参拝客の中を追った。

次の瞬間、東の鳥居の外から男の悲鳴が上がった。

音次郎は、慌てて東の鳥居を潜った。

東の鳥居の外には、急な男坂と緩やかな女坂があった。

音次郎は、男坂の下を見下ろした。

男坂の下に若い侍が倒れていた。

音次郎は女坂を見た。

一瞬、女坂から家並みの陰に駆け去る宇之吉の姿が見えた。

宇之吉……。

音次郎は、宇之吉を追うかどうか迷った。だが、直ぐに若い侍が倒れている男坂を駆け下りた。

「おい。どうした……」

音次郎は、頭から血を流して苦しく呻《うめ》く若い侍を助け起こした。

「い、いきなり、後ろから押されて……」

若い侍は、苦しく告げて気を失った。

「どうしたい……」

近所の者や参拝客が駆け寄って来た。

「誰か、お医者を呼んでくれ……」
音次郎は叫んだ。
「私は医者だ……」
参拝客の中に町医者がいた。
音次郎は、若い侍を町医者に任せて女坂の下に走った。
女坂の下から見える通りには、通行人がいるだけで宇之吉の姿はなかった。
いきなり、後ろから押されて……。
音次郎は、若い侍の言葉を思い出した。
宇之吉が、男坂の上にいた若い侍を後ろから押したのかもしれない。
音次郎は読んだ。
だが、どうして宇之吉は若い侍を後ろから押したのだ。
まさか……。
音次郎は、医者が手当てをしている若い侍の許に戻り、その顔を覗《のぞ》いた。
かもしれないし、違うかもしれない……。
音次郎は、気を失っている若い侍の顔に取り立てて覚えがなかった。
所詮《しょせん》、宇之吉の双子の兄貴を甚振《いたぶ》って殺された若侍と連んでいた二人の仲間の顔は疎覚《うろおぼ》えなのだ。

何《いず》れにしろ、音次郎には分からない事だった。

だが、もし宇之吉が押したとしたなら、男坂から転げ落ちた若い侍は殺された若侍と連んでいる者の一人なのかもしれない。

音次郎は読んだ。

宇之吉……。

宇之吉は、双子の兄を甚振っていた若い侍たちに腹を立て、一人を殺し、一人を男坂から突き落としたのかもしれない。

先ずは、男坂から突き落とされた若い侍の名前と素性だ。

音次郎は、医者の手当てを受けている若い侍が気を取り戻すのを待つ事にした。

「おお、戻ったか、半兵衛……」

大久保忠左衛門は、同心詰所で半兵衛を待っていた。

「どうかしましたか……」

半兵衛は、思わず身構えた。

「十七年前、男の双子の生まれた旗本、分かったぞ……」

　忠左衛門は、筋張った細い首を伸ばした。

「あっ、分かりましたか……」

　半兵衛は、頼んだ事を思い出した。

「うむ。男の双子の生まれた旗本は、小日向新小川町《しんおがわちよう》に住む黒岩主水《くろいわもんど》の屋敷でな。二人の赤子の内、兄を家に残し、弟を知り合いの者に渡したそうだぞ」

「知り合いの者に……」

「うむ。で、残った双子の兄の名は黒岩清之介《せいのすけ》だ」

　忠左衛門は報せた。

「黒岩清之介。して、弟が渡された知り合いの者とは……」

「何でも出入りの茶之湯の宗匠《そうしよう》だそうだ」

「茶之湯の宗匠ですか……」

　半兵衛は眉をひそめた。

　双子の弟は、茶之湯の宗匠から鍛銀師の時蔵に貰われて宇之吉と名付けられた。そして、時蔵の許で修業をし、若くして才と技に溢《あふ》れた鍛銀師になったのだ。

残された兄の赤子は、清之介と名付けられ黒岩家の嫡男として育てられていた。

「そうですか、小日向は新小川町の黒岩主水さまですか……」

半兵衛は、殺された小池源二郎たちに甚振られていた若い侍が誰か知った。

「大野金八郎《おおのきんぱちろう》……」

半次は眉をひそめた。

「ええ。御徒町《おかちまち》の組屋敷の住んでいる御家人の倅です」

音次郎は、男坂から突き落とされた若侍の名前と素性を半次に告げた。

「そうか……」

「大野金八郎ですが、野郎、後二人の若い侍と連み、良く此の辺りを彷徨《うろつ》いていましたぜ」

由松は、大野金八郎の顔を見知っていた。

「由松、そいつに間違いないか……」

半次は訊いた。

「ええ。連んでいた後二人が何処の誰かは知りませんがね……」

由松は頷いた。

「親分、後二人の若い侍の一人が和泉橋で死体で見付かった奴かもしれませんね」

音次郎は眠んだ。

「うん。で、音次郎、大野金八郎、どうなったんだ」

「頭を打ち、脚と腕の骨を折りましたが、命は助かるそうです」

音次郎は告げた。

「そいつは良かった……」

半次は頷いた。

「やっぱり、此処にいたか……」

半兵衛がやって来た。

「半兵衛の旦那……」

半次、音次郎、由松は迎えた。

「やあ、由松、変わりはないかい」

半兵衛は、由松に笑い掛けた。

「はい。知らん顔の旦那もお変わりなく……」

由松は挨拶をした。

「うん。相変わらずだよ」

「旦那、由松には連んで遊んでいる若い侍捜しを手伝って貰っています」

「そうか。いろいろ世話になっているね」

半兵衛は、由松に礼を云った。

「いえ。偶々《たまたま》此処で商売をしていたもので……」

由松は恐縮した。

「で、半次、何か分かったかい……」

「はい。大野金八郎って若い侍が男坂で何者かに突き落とされて大怪我をしましてね。どうやら二人目かもしれません」

「二人目ねえ……」

「はい。旦那の方は如何《いかが》ですか……」

「うん。和泉橋の仏は、小石川の旗本小池采女正の次男の源二郎だと分かったよ」

「小池采女正の次男の源二郎ですか……」

「うん。それから音次郎、鍛銀師の宇之吉は小日向新小川町の黒岩主水って旗本の倅でね。双子の兄貴は黒岩清之介だよ」

「黒岩清之介ですか……」

音次郎は訊き返した。

「うん。して、大野金八郎を突き落としたのは、何処の誰か分かっているのか……」

半兵衛は尋ねた。

「いえ。音次郎が駆け付けた時は誰もいなかった。そうだな、音次郎……」

半次は、音次郎に念を押した。

「は、はい……」

音次郎は頷いた。

由松は、音次郎を一瞥《いちべつ》した。

「そうか。で、小池源二郎と大野金八郎が連んで遊んでいた残る一人が誰か、大野に訊いたのかな」

「それを訊く前に、又《また》気を失っちまって……」

音次郎は眉をひそめた。

「由松が残る一人の顔を見知っているそうですよ」

半次は告げた。

「そうか。ならば、半次。私は大野金八郎に逢《あ》ってみる。由松と此処を頼むよ」

半次は頷いた。

「承知しました」

「じゃあ音次郎、大野金八郎の処に案内しな」

「はい……」

半兵衛は、音次郎を伴って大野金八郎の許に向かった。

半次と由松は見送った。

「半次の親分……」

由松は、半次に厳しい眼を向けた。

「どうした……」

「音次郎、何か隠していますよ」

「音次郎が……」

「ええ。あの時、音次郎、此処を通って境内に行った若い職人を知り合いだと云い、追って行きましてね」

「若い職人……」

半次は眉をひそめた。

「ええ。で、男坂から突き落とされた大野金八郎を見付けた」

「だが、音次郎は若い職人の事は何も云っていないか……」

「ええ……」

由松は、厳しい面持ちで頷いた。

「そうか……」

若い職人は、鍛銀師の宇之吉だったのかもしれない。

半次は気が付いた。

そして、宇之吉は大野金八郎を男坂から突き落としたのかもしれない。

音次郎は、それを隠しているか……。

「ま、音次郎の事ですから、何か訳があっての事でしょうが……」

由松は、小さな笑みを浮かべた。

「うん。由松、実はな、音次郎の知り合いに鍛銀師の宇之吉ってのがいてね……」

半次は、音次郎と事件の拘わりを語り始めた。

不忍池の畔、茅町《かやちょう》に町医者の家はあった。

大野金八郎は、頭を激しく打ち、腕や脚の骨を折っており、容体が落ち着く迄《まで》、医者の家に引き取られていた。

半兵衛は、音次郎に誘《いざな》われて町医者の家を訪れた。

大野金八郎は、気を取り戻し病室の蒲団《ふとん》に横たわっていた。

「やあ。大野金八郎さんだね……」

半兵衛は、大野金八郎の傍に座った。

「はい……」

大野は、か細い声を震わせた。

「私は北町奉行所の白縫半兵衛、ちょいと話を訊かせて貰うよ」

半兵衛は笑い掛けた。

「はい……」

「男坂から突き落とされたそうだが、誰にやられたか分かるかな」

「さあ。不意に後ろから突き飛ばされたので、何も……」

大野は、困惑を浮かべた。

「分からないか……」

「はい……」

「ならば、男坂の上で何をしていたのだ」

半兵衛は、大野を冷ややかに見据えた。

「人を、人を待っていました」

大野は、か細い声を引き攣《ひ》らせた。

「ほう。待ち合わせか……」

「はい……」

「相手は何処の誰だ……」

「北島真之丞《きたじましんのじょう》って者です」

大野は、観念したように眼を瞑《つむ》った。

「北島真之丞、屋敷は何処だ……」

「御徒町の北の端にある慶霊寺《けいれいじ》の近くの組屋敷です」

三人目の若い侍は、北島真之丞と云う名の組屋敷に住む者だった。

「御徒町の北、慶霊寺の近くだな」

「はい……」

「で、大野、待ち合わせて何をするつもりだったのだ」

「それは……」

大野は、言葉を詰まらせた。

「小池源二郎を殺した奴の事かな……」

半兵衛は読んだ。

「えっ、はい……」

「殺った者に心当たりはあるのか……」

「いえ……」

大野は言葉を濁した。

「ひょっとしたら、小池源二郎とおぬし、そして北島真之丞の三人に甚振られていた者の仕業《しわざ》だとは……」

「し、白縫さま……」

大野は狼狽えた。

「お前たち三人が若い侍を甚振っているのは、知れているんだよ」

半兵衛は、大野を厳しく見据えた。

「は、はい……」

大野は、怯えを滲ませた。

「して、待ち合わせをした北島真之丞は、男坂の上には来なかったのか……」

「はい……」

「よし。今は此迄《これまで》だ。怪我が治ったらもっと詳しく話を訊かせて貰うよ」

半兵衛は、厳しく云い放った。

三

御徒町の組屋敷の連なりの北の端に慶霊寺はあった。

半兵衛は、慶霊寺の門前に佇んでいた。

「半兵衛の旦那……」

音次郎が駆け寄って来た。

「分かったか……」

「はい。北島屋敷はこっちです」

音次郎は、半兵衛を組屋敷街に誘った。

「此処です……」

音次郎は、木戸門を閉めた組屋敷を示した。

「うん……」

半兵衛は、音次郎を促した。

「はい……」

音次郎は頷き、木戸門を叩いた。

「北島さま、北島さま、何方《どなた》かおいでになりませんか、北島さま……」

音次郎は、北島屋敷に声を掛けた。

「はい。只今《ただいま》……」

屋敷の庭から老下男が出て来た。

「お待たせ致しました。何か……」

「北町奉行所の者だが、北島真之丞どのはおいでかな……」

半兵衛は尋ねた。

「いえ。生憎《あいにく》、真之丞さまはお出掛けになっていますが……」

「出掛けている……」

「はい……」

「何処に行ったのか、分かるかな……」

「さあ。親しくされている大野さまと云う方と逢うのだと仰ってお出掛けに

「大野さまとは、大野金八郎かな……」

「はい。左様にございます」

老下男は頷いた。

「旦那、大野の云う通りですね」

音次郎は囁いた。

「うん。処で北島真之丞さんに家族は……」

「去年の暮れに御母上さまを病で亡くされてからは……」

「奉公人のお前さんと二人暮らしか……」

半兵衛は読んだ。

「はい……」

「そうか……」

「あの。お役人さま、真之丞さまが何か……」

老下男は、不安を過《よ》ぎらせた。

「いや。ちょいとね。処で真之丞どのはどのような人柄かな……」

「そりゃあ穏やかで、学問や剣術に秀《ひい》でられ、手前のような奉公人にもお優しい方にございますよ」

「ほう。そんな方なのか……」

「はい……」

「そうか。ならば、良い御屋敷に奉公したね」

「はい。そりゃあもう……」

老下男は、顔の皺《しわ》を深くして笑った。

嘘は感じられない……。

半兵衛は、微かな戸惑いを覚えた。


「どうしますか……」

音次郎は、半兵衛の指示を仰いだ。

「うん。ちょいと見張ってくれ」

半兵衛は、静けさに覆われている北島屋敷を眺めた。

「承知しました」

音次郎は頷いた。

半兵衛は、音次郎を北島屋敷の見張りに残し、小日向新小川町に向かった。

八丁堀北島町の鍛銀師時蔵の家からは、銀を小刻みに打つ音が洩れていた。

半次は、鍛銀師時蔵の家を窺った。

鍛銀師時蔵の家には、倅の宇之吉の他にも何人かの弟子も働いている筈だ。

半次は、宇之吉の今日の動きを何とか見定めようとした。

音次郎は、湯島天神の参道で宇之吉を見掛けた。そして追って、大野金八郎が男坂から突き落とされた処に行き合わせた。

だが音次郎は、宇之吉の事を内緒にした。

それは、宇之吉が大野金八郎が突き落とされた一件に拘わりがあるからなのだ。

半次は読んだ。

羽織を着たお店の旦那風の初老の男が、鍛銀師の時蔵の家から出て来た。

「じゃあ、時蔵の親方、何分にも宜しくお願いしますよ」

初老の旦那風の男は、時蔵の家の中に声を掛けて格子戸《こうしど》を閉めた。

どうやら鍛銀の品物の注文に来たのだ……。

半次は読み、帰って行く初老の旦那風の男を追った。

半次は、初老の旦那風の男を呼び止めて懐《ふところ》の十手を見せた。

「えっ……」

初老の旦那風の男は、戸惑いを浮かべた。

「ちょいと訊きたいのですが、鍛銀師の時蔵さんの家には、倅の宇之吉はいましたか……」

半次は訊いた。

「おりましたよ」

初老の旦那風の男は、怪訝な面持ちで半次を見詰めた。

宇之吉は家にいた。

「そうですか……」

音次郎が湯島天神で見掛けた知り合いの職人とは、鍛銀師の宇之吉ではなかったのかもしれない。

半次は読んだ。

「ええ。私が親方の時蔵さんに注文した鍛銀の香炉《こうろ》や香合《こうごう》などの形や大きさなどの打ち合わせをしていた時、出先から帰って来ましてね。それからずっと、鍛銀の仕事をしていましたよ」

「出先から帰って来た……」

半次は眉をひそめた。

「ええ……」

初老の旦那風の男は頷いた。

「そうですか。いや、御造作をお掛け致しました」

半次は、初老の旦那風の男に礼を述べた。

宇之吉は出掛けていた。

湯島天神の男坂に行っていたのかもしれない……。

半次は読んだ。

江戸川《えどがわ》は小日向を流れ、外濠《そとぼり》に注ぎ込んで神田川になる。

小日向新小川町の黒岩屋敷は、静寂に覆われていた。

半兵衛は、黒岩屋敷を眺めた。

黒岩屋敷の主、黒岩主水は三百石取りの旗本であり、奥方の他に嫡男の倅と娘がいた。

嫡男の倅が、宇之吉の双子の兄の清之介だった。

小池源二郎を殺し、大野金八郎を男坂から突き落としたのは、甚振られていた黒岩清之介かもしれない。

黒岩清之介は、そのような真似の出来る若侍なのか……。

半兵衛は、黒岩清之介がどのような若侍なのか見定めるつもりだった。

よし……。

黒岩屋敷を訪れて清之介に逢ってみる。

半兵衛は、黒岩屋敷を訪れようとした。

その時、黒岩屋敷の表門脇の潜り戸《くぐど》が開いた。

半兵衛は、咄嗟《とっさ》に物陰に隠れた。

黒岩屋敷の潜り戸から若い侍が出て来た。

黒岩清之介……。

半兵衛は睨み、黒岩清之介を追う事にした。

黒岩清之介は、屋敷から江戸川沿いの道に出て神田川に向かった。

半兵衛は、巻羽織を脱いで清之介を追った。

湯島天神参道では、由松が参道を行き交う参拝客を窺いながらしゃぼん玉を売っていた。

「由松……」

半次が戻って来た。

「半次の親分……」

「どうだ、三人目は現れたか……」

「そいつが、見覚えのある顔の若侍、見掛けませんでしてね」

「そうか。面倒を掛けるな……」

半次は詫《わ》びた。

「いいえ。商売の序《つい》でです。どうって事はありませんよ」

由松は、笑みを浮かべた。

「あっ……」

由松は、参道を来る参拝客を見て浮かべた笑みを消した。

「どうした……」

半次は、由松の視線を追った。

由松の視線の先には、参道を来る若い侍がいた。

「野郎、見覚えがあるのか……」

「ええ。大野金八郎と連んでいる野郎に間違いありません」

由松は、眼の前を通って境内に行く若い侍を見ながら囁いた。

「尾行《つけ》る……」

半次は、由松に告げて若い侍を追った。

由松は、小さな竹筒に入れたしゃぼん玉などの商売道具を片付け始めた。

若い侍は、境内の隅の茶店に入り、縁台に腰掛けて茶を注文した。

半次は、石灯籠の陰から見守った。

三人目の若侍……。

半次は、茶を飲んでいる若い侍を見張った。

僅《わず》かな刻が過ぎた。

背の高い総髪《そうはつ》の浪人が現れ、若い侍の隣に腰掛けて茶を頼んだ。

拘わりがあるのか……。

半次は見守った。

総髪の浪人は、若い侍に何事かを告げた。

若い侍は、小さく頷いた。

二人は拘わりがある……。

半次は睨んだ。

総髪の侍は、茶を飲み干して縁台から立ち上がった。

どっちを追う……。

半次は、若い侍と総髪の浪人のどちらを追うか迷った。

「あっしが追いますぜ」

由松が、半次の背後に現れた。

「由松……」

「じゃあ……」

由松は、背の高い総髪の浪人を追った。

「すまねえ……」

半次は見送り、茶店にいる若い侍を見張り続けた。

若い侍は、茶店を出て境内の東にある鳥居に向かった。

何処に行く……。

半次は、若い侍を追った。

東の鳥居を出ると、大野金八郎が突き落とされた男坂がある。
若い侍は、厳しい面持ちで辺りを見廻しながら男坂を下りた。
半次は、慎重に尾行た。
不忍池の煌《きら》めきが遠くに見えた。

不忍池の水面は煌めいた。
黒岩清之介は、不忍池の畔に佇んで眩《まぶ》しげに眼を細めた。
煌めきは、微風《そよかぜ》に揺らめいた。
清之介は佇み、不忍池を眺めた。
半兵衛は、雑木林から見守った。
不忍池の畔を若い侍がやって来た。
半兵衛は気が付いた。
若い侍は、不忍池の畔に佇む黒岩清之介に近付いて来た。
何者だ……。
半兵衛は見守った。
黒岩清之介は、畔を来る若い侍に気が付いて振り向いた。

若い侍は進んだ。

半兵衛は、若い侍の背後から半次が来て雑木林に入るのに気が付いた。

まさか……。

半兵衛は、微かな緊張を覚えた。

若い侍は、不忍池の畔に佇んでいる黒岩清之介と黙って擦れ違った。

擦れ違う時、黒岩清之介と若い侍は短く目礼を交わした。

半兵衛は見届けた。

「旦那……」

雑木林を来た半次が、半兵衛に気が付いた。

「半次、三人目か……」

「はい。奴は宇之吉の兄貴ですか……」

半次は、黒岩清之介を示した。

「うん。黒岩清之介だ……」

「流石《さすが》に双子ですね」

半次は、宇之吉の顔を見知っていた。

「そうか。で、三人目は北島真之丞と云う者だ……」

半兵衛は、不忍池の畔を去って行く若い侍を示した。

「北島真之丞。じゃあ……」

半次は、三人目の若い侍の名を知り、そのまま追った。

「気を付けてな……」

半兵衛は、北島真之丞を追って行く半次を見送り、黒岩清之介に視線を戻した。

黒岩清之介は、不忍池を眩しげに見詰めていた。

北島真之丞は、黒岩清之介を甚振っていた小池源二郎や大野金八郎と連んでいた仲間だ。

となると、黒岩清之介とは相容《あいい》れない間柄だ。だが、二人は黙って短く目礼を交わして擦れ違った。

そこに何かがある……。

半兵衛は、疑念を募《つの》らせた。

不忍池の水面の煌めきは、微風に揺らめいて広がっていく。

背の高い総髪の浪人は、湯島天神の境内を出て門前町に向かった。

由松は尾行た。

総髪の浪人は、門前町の盛り場に進んだ。

盛り場には飲み屋が連なり、既に暖簾《のれん》を揺らしている店もあった。

総髪の浪人は、飲み屋の連なりの端にある開店前の小料理屋に入った。

由松は見届けた。

小料理屋はどんな店であり、総髪の浪人とどんな拘わりなのだ。

由松は、付近の者たちにそれとなく聞き込みを掛ける事にした。


下谷御徒町の北にある北島屋敷には、傍にある慶霊寺から住職の読む経が聞こえていた。

北島屋敷には、老下男が出入りするだけで変わりはなかった。

音次郎は、辛抱《しんぼう》強く見張った。

若い侍がやって来た。

音次郎は見守った。

若い侍は、北島屋敷に向かって来る。

北島家の老下男が掃除に現れ、やって来る若い侍に気が付いた。

「此は真之丞さま、お帰りなさいませ」

老下男は、笑顔で若い侍を迎えた。

「うん。今、戻った」

若い侍は、老下男を連れて屋敷に入って行った。

北島真之丞……。

音次郎は見定めた。

「音次郎……」

半次がやって来た。

「親分……」

「若い侍、此の組屋敷に入ったのか……」

「はい。北島真之丞の屋敷です」

「やっぱりな。若い侍は北島真之丞か……」

半次は、北島屋敷を見詰めた。

「ええ。北島真之丞に間違いありません。で、何をしていたんですか……」

音次郎は尋ねた。

「湯島天神境内の茶店で浪人と逢い、不忍池の畔で黒岩清之介と黙って擦れ違ったよ」

「浪人と黒岩清之介……」

「浪人が何処の誰かは分からないが、由松が追ってくれている」

「黒岩清之介は宇之吉の双子の兄貴ですよね」

「うん。殺された小池源二郎と連んでいた北島真之丞には、甚振られていた筈だ」

「それなのに、北島真之丞と黙って擦れ違ったのですか……」

音次郎は眉をひそめた。

「ああ。何か妙だな……」

半次は頷いた。

「ええ……」

音次郎は頷いた。

「よし。今日は此の辺で引き上げるか……」

「でしたら親分、あっしは宇之吉の家に行って良いですか……」

音次郎は、半次を見詰めた。

「宇之吉か……」

「はい……」

「音次郎、宇之吉は昼間、何処かに出掛けていたようだぜ」

「親分……」

「音次郎、お前、大野金八郎が男坂で突き落とされた時、宇之吉を見掛けたな……」

「は、はい……」

「そいつは、宇之吉に間違いないんだな」

「親分、そいつはどう云う事ですか……」

「黒岩清之介じゃあなかっただろうな」

「いえ。あれは間違いなく、宇之吉だったと思います」

「そうか。ま、半兵衛の旦那には俺から云っておく。宇之吉の家に行ってみな」

「はい。じゃあ……」

音次郎は駆け去った。

半次は見送った。

陽は西に大きく傾き、赤く染まり始めた。

四

囲炉裏の火は燃え上がり、壁に映る半兵衛と由松の影を揺らした。

湯島天神の盛り場の小料理屋の屋号は『瓢《ひさご》』、女将《おかみ》はおこんと云う年増《としま》だった。

「で、湯島天神の茶店で北島真之丞と逢った背の高い総髪の浪人か……」

半兵衛は、由松に湯呑茶碗に酒を満たして差し出した。

「此奴《こいつ》は畏《おそ》れ入《い》ります。はい。名は早見平四郎《はやみへいしろう》と云う相州《そうしゅう》浪人でしてね。瓢の女将のおこんの情夫《おとこ》だそうです」

由松は、小料理屋『瓢』の近所で聞き込んだ事を報せた。

「早見平四郎、普段は何をしているのだ」

半兵衛は、湯呑茶碗に酒を満たして啜《すす》った。

「はっきりはしないのですが、博奕打《ばくちう》ちや地廻《じまわ》りの用心棒をしているって噂です」

由松は、湯呑茶碗の酒を飲みながら告げた。

「博奕打ちや地廻りの用心棒か……」

「はい……」

「ならば、腕は立つのだろうな」

「きっと……」

由松は頷いた。

「その早見平四郎と北島真之丞、どんな拘わりなのかな……」

半兵衛は眉をひそめた。

「ええ。半兵衛の旦那、構わなければ引き続き探ってみますが……」

「うん。柳橋には、私が話を通す。そうしてくれるか……」

「はい。承知しました」

由松は頷き、酒を飲んだ。

「只今、戻りました」

半次が帰って来た。

「おう。御苦労さん。で、若い侍はどうした」

「はい。下谷御徒町の北の外れの北島屋敷に戻りました。北島真之丞に間違いありませんよ。で、黒岩清之介は……」

「うん。小日向の屋敷に帰った」

半兵衛は、半次に湯呑茶碗に酒を満たして差し出した。

「畏れ入ります。そうですか……」

「うむ。して、北島屋敷には音次郎がいた筈だが……」

「はい。それが、宇之吉が気になると云いましてね……」

「音次郎、宇之吉の家に行ったのか……」

「はい。拙《まず》かったでしょうか……」

「いや。構わないさ」

「半次の親分、例の浪人ですがね……」

由松は、半次に報せ始めた。

半兵衛は、湯吞茶碗の酒を飲んだ。

鍛銀師時蔵の家には明かりが灯され、家の者の笑い声が洩れていた。

音次郎は迷っていた。

宇之吉を呼び出すか、動くのを待つか……。

刻は過ぎた。

着流しの男が家から出て来た。

宇之吉だ……。

音次郎は、素早く物陰に隠れた。

宇之吉は、暗い夜道を楓川《もみじがわ》に向かった。

何処に行く……。

音次郎は、宇之吉を追った。


湯島天神の盛り場は賑わっていた。

小料理屋『瓢』の馴染客《なじみきやく》は、女将のおこんに見送られて帰って行った。

「女将……」

宇之吉がやって来た。

「あら、黒岩さま……」

女将のおこんは、宇之吉を双子の兄の黒岩清之介と間違った。

「いますか……」

宇之吉は、おこんの間違いを直しもせずに黒岩清之介を装《よそお》った。

「ええ……」

「ならば、邪魔をします」

宇之吉は、小料理屋『瓢』に入った。

女将のおこんは続いて入り、辺りを見廻して戸を閉めた。

音次郎は、物陰から見届けた。

酒を飲みに来たのか……。

音次郎は眉をひそめた。

だが、酒を飲むだけなら、わざわざ湯島天神門前町の小料理屋迄来るだろうか……。

音次郎は読んだ。

誰かと逢うのだ……。

宇之吉は、誰かと逢う為に小料理屋に来たのだ。

誰だ……。

宇之吉は、誰と逢うのだ。

音次郎は、宇之吉が逢いに来た相手が誰か見届けようとした。


「何用だ。黒岩……」

浪人の早見平四郎は、薄笑いを浮かべて宇之吉を迎えた。

「熱《ほとぼり》が冷める迄、逢わぬと云ったのはおぬしの方だぞ」

早見は、宇之吉を黒岩清之介と思い込んで話を続けた。

「そうですが……」

宇之吉は、微かに声を引き攣らせた。

「大野金八郎の事なら、背中を押しただけで呆気なく男坂を転げ落ちやがった。で、止《とど》めを刺そうとしたら、人が来てな……」

早見は、嘲笑《ちようしよう》を浮かべて酒を飲んだ。

次の瞬間、宇之吉は懐から匕首《あいくち》を抜いて早見に突き掛かった。

早見は、咄嗟に身を捻った。

血が飛んだ。

宇之吉は、尚も早見を突き刺そうとした。

早見は、肩を突かれて血の滲む左手で刀を取り、抜き放った。

刃風が鳴った。

宇之吉は、胸元を横薙《よこな》ぎに斬られて仰《の》け反《ぞ》った。

板場から現れたおこんが悲鳴を上げた。

音次郎は、おこんの悲鳴を聞き、小料理屋『瓢』を見詰めた。

宇之吉が小料理屋『瓢』から飛び出し、足を縺《もつ》れさせて倒れ込んだ。

宇之吉……。

音次郎は戸惑った。

「おのれ、黒岩……」

背の高い総髪の浪人が追って現れ、倒れた宇之吉に斬り掛かろうとした。

音次郎は、咄嗟に目潰しを投げた。

目潰しは、総髪の浪人の顔に当たって白い粉を撒《ま》き散《ち》らした。

「逃げるぜ」

音次郎は、倒れている宇之吉に駆け寄って助け起こした。

「音さん……」

宇之吉は驚いた。

「早く……」

音次郎は、宇之吉を連れて逃げた。

「ま、待て、黒岩……」

総髪の浪人は、目潰しに視界を奪われて追うのを諦《あきら》めた。

湯島天神の境内には、石灯籠の明かりが灯されていた。

音次郎は、宇之吉の斬られた胸元を検めた。

胸元を横薙ぎに斬られた着物の奥には、血が僅《わず》かに滲んでいた。

「掠《かす》り傷だ……」

音次郎は、安堵《あんど》を滲ませた。

「音さん、助かりました……」

宇之吉は礼を述べた。

「宇之吉、お前、双子の兄貴の黒岩清之介に化けてあの浪人に逢ったんだな」

音次郎は、総髪の浪人が『黒岩』と叫んだのを覚えていた。

「えっ……」

「そして、命を狙ったのか……」

音次郎は、総髪の浪人の左肩が血に濡れていたのに気が付いていた。

「はい……」

宇之吉は、声を引き攣らせて頷いた。

「そいつはどうしてだ」

「音さん……」

「宇之吉、詳しく話して貰おうか……」

音次郎は、宇之吉を厳しく見据えた。

「音さん、あの浪人は早見平四郎と云い、小池源二郎って旗本の倅を殺した奴なんです」

宇之吉は、観念したかのように告げた。

「小池源二郎を殺した早見平四郎だと……」

音次郎は眉をひそめた。

「ええ……」

「早見はどうして小池を殺したんだ」

「そ、それは……」

宇之吉は迷い、躊躇《ためら》った。

「宇之吉……」

音次郎は、宇之吉を厳しく見据えた。

「音さん、早見平四郎はおそらく兄貴の黒岩清之介に金で雇われて小池源二郎を殺したんです」

宇之吉は、哀しげに告げた。

「兄貴の黒岩清之介……」

音次郎は訊き返した。

「はい。いつも甚振る小池源二郎と大野金八郎を早見平四郎に殺してくれと頼んだのです。そして、早見は小池を殺した。それで俺は大野金八郎を見張り、湯島天神の男坂で早見に背中を押されて転げ落ちる処に出遭い、女坂を逃げる早見を追い、小料理屋の瓢に入るのを見届けたのです」

音次郎が女坂で見掛けた宇之吉は、浪人の早見平四郎を追う姿だった。

「で、早見平四郎を殺して口を封じようとしたのか……」

「ええ。此のままでは兄貴は生涯、早見に弱味を握られてしまう。だから……」

「黒岩清之介に化けて近付いたか……」

「はい。だけど兄貴は屋敷にいる。決して早見平四郎を殺したとは思われない……」

宇之吉は、声を震わせた。

「成《な》る程《ほど》。そう云う事か……」

「音次郎さん……」

「宇之吉、お前の気持ちは良く分かった。だが、眼を瞑《つむ》る訳にはいかねえ。此から半兵衛の旦那の処に一緒に来て貰うぜ」

音次郎は、厳しい面持ちで告げた。

半兵衛は果断《かだん》だった。

宇之吉の話を聞き、半次を従えて湯島天神門前の小料理屋『瓢』を急襲した。

浪人の早見平四郎は、抱いて寝ていた女将のおこんを半兵衛たちに突き飛ばし、枕元の刀を取った。

刹那《せつな》、半兵衛は片膝を突いて抜き打ちに刀を一閃した。

閃《ひらめ》きが走った。

浪人の早見平四郎は、太股《ふともも》を斬られて崩《くず》れるように倒れた。

半次は、早見平四郎の刀を蹴飛ばし、倒れている早見平四郎を十手で打ちのめし、縄を打った。

大番屋の詮議場には、夜の冷たさが凍《し》みていた。

早見平四郎は、半次によって詮議場の座敷に腰掛けた半兵衛の前に引き据えられた。

半兵衛は、厳しく詮議した。

早見平四郎は、観念して何もかも吐いた。

「ならば、黒岩清之介に十両で雇われ、小池源二郎を昌平橋の袂で斬って神田川に放り込み、大野金八郎を湯島天神男坂で襲ったのに相違ないのだな」

半兵衛は念を押した。

「左様。間違いない……」

早見平四郎は頷いた。

「ならば、小池源二郎と大野金八郎の動きは、如何にして知ったのだ」

「それは、黒岩清之介から聞いた」

「黒岩清之介から聞いた……」

半兵衛は眉をひそめた。

黒岩清之介は、いつも甚振って来る小池源二郎や大野金八郎の詳しい動きをどうやって知ったのか……。

半兵衛は、疑念を抱いた。

「早見、黒岩清之介は、下谷御徒町に住む御家人の北島真之丞の始末も頼んだのか……」

半兵衛は尋ねた。

「北島真之丞……」

「うむ……」

「いや。北島真之丞と申す者など知らぬ」

「ほう。北島真之丞は、小池や大野と連んで黒岩清之介を甚振っていた者だ。そいつの始末を頼まないのは何故かな……」

「さあ。そのような事、知らぬ……」

「そうか、知らぬか……」

「ああ……」

早見は頷いた。

「旦那……」

半次は、半兵衛に何事かを囁いた。

「そうか。早見、おぬし、湯島天神の茶店で逢っていた若い侍は何処の誰だ」

「えっ……」

早見は、戸惑いを浮かべた。

「お前が湯島天神の茶店で若い侍と逢っていたのは割れているんだぜ」

半兵衛は、早見に笑い掛けた。

「ああ。あいつは黒岩清之介の使いだ」

「黒岩清之介の使い……」

「ああ。黒岩清之介の使いだ。名は知らぬ」

早見平四郎は苦笑した。

北島真之丞が黒岩清之介の使い……。

半兵衛と半次は、微かな困惑を覚えた。

「早見、嘘偽りはあるまいな……」

半兵衛は、早見平四郎を厳しく見据えた。

「ああ。小池源二郎を斬り棄て、大野金八郎を襲ったのを認めた今、そのような者の事で嘘偽りを云う必要、何処にある」

早見平四郎は、自嘲の笑みを浮かべて云い放った。

嘘偽りはない……。

半兵衛は苦笑した。

早見平四郎を十両で雇い、小池源二郎と大野金八郎殺しを命じたのは、黒岩清之介に間違いないのだ。

半兵衛は見定めた。

だが、分からないのは、小池と大野の動きをどうやって知ったのかだ。

黒岩清之介は、何故に三人目の北島真之丞殺しを依頼しなかったのか……。

そして、北島真之丞が黒岩清之介の使いとはどう云う事なのだ。

「半兵衛の旦那、北島真之丞に逢ってみますか……」

半次は眉をひそめた。

「うむ。それしかあるまいな……」

半兵衛は、下谷御徒町の北島真之丞の組屋敷に行く事にした。

下谷御徒町の組屋敷街に人通りはなかった。

半兵衛は、半次を従えて北島屋敷を訪れた。

北島真之丞は、半兵衛と半次を組屋敷に招き入れた。

「北町奉行所の白縫半兵衛どのですか……」

北島真之丞は、微かな緊張を過ぎらせた。

「如何にも。北島真之丞さんですな」

「おぬし、殺された小池源二郎や大野金八郎と連み、黒岩清之介を甚振っていたそうだね」

半兵衛は笑い掛けた。

「は、はい……」

北島真之丞は、恥ずかしげに俯《うつむ》いた。

「だが、黒岩清之介はおぬしを斬ってくれと、早見平四郎に頼まなかった。そいつは何故か知っているかな……」

半兵衛は、北島真之丞を見据えた。

「そ、それは……」

北島真之丞は狼狽え、言葉に詰まった。

「おぬし、連んで遊んでいた小池と大野の動きを探り、早見平四郎に報せたね」

半兵衛は読んだ。

「し、白縫どの……」

北島真之丞は、嗄《しゃが》れ声を震わせた。

「おぬし、小池源二郎や大野金八郎と連むのは本意じゃあなかった。そうだね」

「はい……」

「はい。ですが、小池は何故か私を気に入り、何かと声を掛け、誘って来たので……」

「断わると、おぬしが甚振られるか……」

「おそらく。それで……」

「仕方なく調子を合わせ、連んで遊んでいたか……」

「はい。ですが、黒岩清之介に対する甚振りが日毎に酷くなって……」

「黒岩清之介に同情した……」

半兵衛は睨んだ。

「はい。白縫どの、私は黒岩清之介が小池源二郎や大野金八郎、それに私を殺したくなった気持ち、良く分かります。悪いのは、黒岩清之介を甚振り、そこ迄追い詰めた小池源二郎と大野金八郎、それに私なのです」

北島真之丞は悔やんだ。

「で、小池源二郎と大野金八郎の動きを探り、早見平四郎に報せたか……」

「黒岩清之介に対するせめてもの詫び、罪滅ぼしです……」

北島真之丞は項垂《うなだ》れ、声を震わせた。

半兵衛は、半次と顔を見合わせて吐息を洩らした。

北町奉行所吟味方与力の大久保忠左衛門は、相州浪人の早見平四郎を死罪に処した。そして、黒岩清之介を小池源二郎殺しと大野金八郎襲撃を命じた者、北島真之丞を一味として目付と評定所に報せた。

目付と評定所が、事件の背後に潜む連んでの甚振りをどう判断するかは分からない。

酌量《しやくりよう》するか……。

それとも武士として不甲斐《ふがい》ないと、厳しく断罪するのか……。

何れにしろ、町奉行所と拘わりなく、支配の目付と評定所が決める事なのだ。

半兵衛は、鍛銀師の宇之吉をお咎《とが》めなしで放免した。

「ありがとうございました……」

音次郎と宇之吉は、半兵衛に深々と頭を下げて感謝した。

半兵衛は、鍛銀師の宇之吉が黒岩清之介と双子の兄弟だと云う事を世間に伏せた。

世間に知れれば、宇之吉に奇異の視線が集まり、行く末に決して良い事はない。

「世の中には、私たち町奉行所の者が知らん顔をした方が良い事もある……」

半兵衛は、宇之吉の鍛銀師としての行く末に期待した。

宇之吉は、双子の兄の黒岩清之介の所業が目付や評定所に知れた事に肩を落とした。

黒岩家当主の黒岩主水は、嫡男の清之介を勘当《かんどう》して家を守るしかなかった。そして、かつて双子と忌み嫌って棄てた清之介の弟である宇之吉に黒岩家に戻れと云って来た。

「馬鹿野郎。今更、誰が戻るか……」

宇之吉は吐き棄てた。

黒岩家は何処迄も冷たい家風だ……。

半兵衛は、宇之吉が黒岩家に戻る話を蹴飛ばし、断わったのを知った。

宇之吉は、きっと名人と呼ばれる鍛銀師になる……。

半兵衛は微笑んだ。

この作品は双葉文庫のために書き下ろされました。

双葉文庫

ふ-16-55

新《しん》・知《し》らぬが半兵衛手控帖《はんべえてびかえちよう》
偽坊主《にせぼうず》

2021年6月13日　第1刷発行

【著者】
藤井邦夫《ふじいくにお》

【発行者】
箕浦克史
【発行所】
株式会社双葉社
〒162-8540 東京都新宿区東五軒町3番28号
［電話］03-5261-4818(営業)　03-5261-4833(編集)
www.futabasha.co.jp(双葉社の書籍・コミックが買えます)
【印刷所】
中央精版印刷株式会社
【製本所】
中央精版印刷株式会社
【フォーマット・デザイン】
日下潤一

ISBN978-4-575-67056-1 C0193
Printed in Japan

藤井邦夫　新・知らぬが半兵衛手控帖　**曼珠沙華《まんじゅしゃげ》**　時代小説〈書き下ろし〉

藤井邦夫の人気を決定づけた大好評の「知らぬが半兵衛手控帖」シリーズ。その続編が4年ぶりに書き下ろし新シリーズとしてスタート！

藤井邦夫　新・知らぬが半兵衛手控帖　**思案橋《しあんばし》**　時代小説〈書き下ろし〉

楓川に架かる新場橋傍で博奕打ちの猪之吉が死体で発見された。探索を始めた半兵衛の前に猪之吉の情婦の家の様子を窺う浪人が姿を現す。

藤井邦夫　新・知らぬが半兵衛手控帖　**緋牡丹《ひぼたん》**　時代小説〈書き下ろし〉

奉公先で殺しの相談を聞いたと、見知らぬ娘が半兵衛を頼ってきた。五年前に死んだ鶴次郎の半纏を持って……。大好評シリーズ第三弾！

藤井邦夫　新・知らぬが半兵衛手控帖　**名無し《ななし》**　時代小説〈書き下ろし〉

殺しの現場を見つめる素性の知れぬ老人。後を追った半兵衛に権兵衛と名乗った老爺は何を隠しているのか。大好評シリーズ待望の第四弾！

藤井邦夫　新・知らぬが半兵衛手控帖　**片えくぼ**　時代小説〈書き下ろし〉

音次郎が幼馴染みのおしんを捜すと、おしんは思わぬ事件に巻き込まれていた……。粋な人情裁きがますます冴える、シリーズ第五弾！

藤井邦夫　新・知らぬが半兵衛手控帖　**狐の嫁入り**　時代小説〈書き下ろし〉

行方知れずだった薬種問屋の若旦那が嫁を連れて帰ってきた。その嫁、ゆりに不審な動きが。知らん顔がかっこいい、痛快な人情裁き！

藤井邦夫

隠居の初恋

新・知らぬが半兵衛手控帖

時代小説〈書き下ろし〉

吟味方与力・大久保忠左衛門の友垣が年甲斐もなく、後家に懸想しているかもしれない。連れ立って歩く二人を白縫半兵衛が尾行すると……。

藤井邦夫

戯《たわ》け者

新・知らぬが半兵衛手控帖

時代小説〈書き下ろし〉

昼間から金貸し、女郎屋、賭場をめぐる。旗本の部屋住みの、絵に描いたような戯け者を尾行た半兵衛たちは、その隠された意図を知る。

藤井邦夫

招き猫

新・知らぬが半兵衛手控帖

時代小説〈書き下ろし〉

ある晩、古い茶店に何者かが忍び込み、床下に大きな穴を掘っていった。何も盗まず茶店を後にした者の目的とは⁉ 人気シリーズ第九弾。

藤井邦夫

再縁話

新・知らぬが半兵衛手控帖

時代小説〈書き下ろし〉

臨時廻り同心の白縫半兵衛に、老舗茶道具屋の出戻り娘との再縁話が持ち上がった。だが、その茶道具屋の様子を窺う男が現れ……。

藤井邦夫

古傷痕《ふるきず》

新・知らぬが半兵衛手控帖

時代小説〈書き下ろし〉

顔に古傷のある男を捜す粋な形の年増女。湯島天神の奇縁氷人石に託したその想いとは⁉ 人気時代小説、シリーズ第十一弾。

藤井邦夫

一周忌

新・知らぬが半兵衛手控帖

時代小説〈書き下ろし〉

愚か者と評判の旗本の倅・北島右京が姿を消した。さらに右京と連んでいた輩の周辺には総髪の浪人の影が……。人気シリーズ第十二弾。